怪談罪人録

糸柳寿昭

目次

- 8 継続の罪
- 9 雨の罪
- 10 暴言の罪
- 12 因果の罪
- 14 倉庫の罪
- 16 気配の罪
- 21 恋の罪
- 24 妄想の罪
- 29 掌の罪
- 37 祝言の罪
- 42 刺激の罪
- 46 無敵の罪
- 47 運命の罪

※本書は体験者および関係者に実際に取材した内容をもとに書き綴られた怪談集です。体験者の記憶と主観のもとに再現されたものであり、掲載するすべてを事実と認定するものではございません。あらかじめご了承ください。

※本書に登場する人物名は、様々な事情を考慮して一部の例外を除きすべて仮名にしてあります。また、作中に登場する体験者の記憶と体験当時の世相を鑑み、極力当時の様相を再現するよう心がけています。今日の見地においては若干耳慣れない言葉・表記が記載される場合がございますが、これらは差別・侮蔑を助長する意図に基づくものではございません。

奪ってはいけません。与えるのです。
そうすれば彼らは自ら罪に染まり、天を窒息させてくれるのですから。

「継続の罪」

「田舎育ちなんですが、小学生のころ、よく虫を捕まえにいきました。殺すためです。どうしてかはわかりません。虫を殺すのが楽しくて楽しくて。ある夜、夢で見知らぬ女性に言われたんです。やめなさい、後悔しますよ、って。去年、妻と神社にいって。そこに観音像が祀られていたんですが――その観音なんですよ、夢で見た女性。驚いていたら横にいた妻が『後悔すると言ったはず』って、変な声でつぶやいたんです。本人、そんなこと言った自覚ありませんでした。その翌日ですね、この湿疹、赤いアザが浮かんできたの。顔だけじゃなく全身に。消えないんですよ、これ。なんだか虫みたいに見えて気持ち悪いでしょう。治って欲しいんで、いまは一匹も殺していません。去年からずっと」

「雨の罪」

「そいつ、雷に打たれて捕まったらしいんです。そんなことあるんですね、ほんとうに。身元照会したら指名手配されていたらしく、そのまま病院で逮捕。もちろん治療はちゃんと受けさせてもらえたみたいです。ひったくりの常習犯だったらしいですよ。家宅捜査でバッチリいろいろ盗んだものがでてきたので、言い逃れもできない。雷に打たれたときは、コンビニで盗んだ傘をさしていたそうです。限度を超えて天からのバチを喰らった——どうしてもそんな風に考えてしまいますよね」

「暴言の罪」

「寝たきりの生活をしていた祖母が亡くなったんです。

その通夜でのことですね。普通はそんな席で発表なんかしないんでしょうが、なぜか遺書と財産の振り分けのこと、その場でみんなに話す流れになって。祖母の遺体の前でですよ。私は祖母にずいぶん可愛がってもらっていたから、ただただ死んだことが哀しくて泣いていたんですよ。でも、横でいつの間にかそんな話になっていて。

遺産のことで不満だったのでしょう、叔母が顔を真っ赤にしてブチ切れたんです。

『あんなに世話してやったのに、このババアッ』

立ちあがって遺体にむかって、蹴りつけそうな勢いで怒鳴りまくってました。

ほんとうに世話していたのかって？

いえいえ、ぜんぜんです。ほとんど生活にかかわっていませんでした。もめたら遺産の振り分けが変わると思ったのかもしれませんね。そういう人でしたから。
それから半年くらいあとですかね、その叔母が亡くなったの。
最期は寝たきりで、病状も顔つきも祖母そっくりだったらしいです。
叔母の死後、母は私に言いました。
『人は口にだしてはいけないことがある。あんたも、気をつけなさい』
私も、母の言う通りだと思います」

「因果の罪」

「若いころ友だちにヤンキーなやつ、いたんですけど。

そいつ、やたらそこらへんに捨てるんですよ、ゴミを。食べ物の袋。自分の車の灰皿。雑誌。煙草の吸い殻。煙草の空き箱。雑誌。ポイポイ、ポイポイ捨てまくり。

ゴミが嫌いで、きれい好きかと思いきや自分の部屋もゴミだらけ。

燃える燃えない関係なく詰めこんだゴミ袋が、山のように積み重なっていました。

一度、外で注意されてるところを見たんです。逆ギレして怒鳴ってましたね。

『あんたが外で捨てたゴミ、全部自分にのしかかってくるよ』

そんなこと言われてました。髪を結ったおばちゃんに。

最後には『うるせえ、バーカ』つって、ツバ吐きかけていました。

この先どんな人間になるんだろうって心配していましたね、みんな。

いまですか？　なにしてるもなにも死にましたよ、そいつ。酔っぱらって寝ているときにゲロ吐いて、気道が詰まっての窒息死です。苦しかったんですかね。暴れて積み重なったゴミ袋が崩れて、下敷きになってました。もちろん、ゴミをそこらへんに捨てていたことが原因とも思いませんが……。ちょっと因果は感じちゃいましたね、やっぱり」

「倉庫の罪」

「体験はないんですけど、こんな話は聞いたことがあります。

友人の通っていた中学校、小学校と一体化してるタイプの学校で。

校庭も校舎もかなり広かったんですけど、特に体育館がすごく大きい。そこの倉庫に幽霊がでるってウワサがあったそうなんです。いじめで閉じこめられた小学生の男子が自殺して、夜な夜な倉庫のなかでうずくまっているとか、なんとか。

でも、その男子の幽霊を目撃した人はいない。

友人は夜、部活の練習中に倉庫の鉄扉が音を立て揺れているのは見たことがあった。けれど、そのときは台風が来ていたし、なかに窓もあるんで、スキマから風が入っていただけだと思うって言ってました。

あるとき、その友人、倉庫の前で仲の良い先生に訊いたことがあったんです。

『この倉庫、幽霊のウワサあるけど、ホントに自殺した子とかいるの？』
先生は笑いながら答えました。
『いないだろ。お前ならこんなところで死にたいと思うか？　バカバカしい』
すると友人と先生のうしろにある鉄扉が叩かれて、なかから声がしたそうです。
『あいつ　ころしてやる』
ふたりは同時に振り返って、閉まっている鉄扉を見つめて、顔を見合わせた。
先生、ちょっと震えながら真っ青になっていたそうです。
被害者も悪に染めてしまう『いじめ』って、本当にたちが悪いですよね」

「気配の罪」

「あのゲーム、怖いけど面白いよな。特に最初、ゾンビでるところ。最高じゃん」

「いや、俺、ちょっとキツい。怖いのは得意じゃないんだよ」

「慣れたらなんてことないって。ホラー映画だっていくつも観たら平気だし」

「慣れるまでが無理なんだよな。なんかリアルに感じちゃうんだよね。ん？」

「おい、いまの音、聞こえた？　となりの部屋の窓から？」

「……風とかで揺れた音だろ。気にすることないって」

「でも、風でいまみたいな音がするか？　ちょっとチェックしてくるわ」


「どうだった？　なんにもなかっただろ？」

「うん、なんにもなかった。なんか指でノックするみたいな音に聞こえたから。誰か来たのかと思った。でも、なんにもなかったわ」

「ここ二階だから、それはないだろ。怖いこと言うなよな」

「あれ？　点滅？」

「おい、まただよ。さっきもあったな。電気、おかしくないか？」

「まあ、古い一軒家だし。電気系統、不安定なんだろう。つくだけありがたいよ」

「そうだな。真っ暗闇よりもマシだな。充電とかできねえし」

「そうそう。充電が大事なんだから」

「でも、こういうの続くと不安になるよな。悪いことの前兆だったらどうする？」

「それこそホラー映画だな。なにかあったら、そのとき考えればいいじゃん」

「うおッ」「わッ」

「しい。静かにしろ。大声だすなよ」

「大声だしたの、お前だろ」

「今度はなに？　一階のドアが閉まる音か？　玄関のドアだよな、いまの？」

「でも閉めたぞ、ちゃんと鍵も」

「誰か入ってきた？　いま何時だ？　こんな遅い時間に？」

「足音とか……聞こえるか？」

「……」「……いや、聞こえないな」

「ちょっと確認しにいこう。誰かが入って来たかも。なんか気配するし」


「――やっぱり誰もいない。気のせいだったのかな？　さっきの音」

「いや、聞こえただろ。絶対に」

「ちゃんと鍵はかかってるし。なんだったんだろ」

「誰もいないならだいじょぶだろ。二階にもど……」

「いまの聞こえたか？　なんか動いた音がしたぞ」

「うん、聞こえた。リビングからだ。いこう」

「誰もいない……よな」

「ちょっと待て。ここ見たとき、この椅子、倒れてなかったよな」

「ああ。倒れてはなかった。でも、どうして」

「これヤバいって。誰かがいるんだよ、この家。隠れてるんだよ」

「落ち着け。スマホのライトを使おう」

「ほら、こうやって照らせば……あれ……なんだ？」

「誰か……いる」

「違うよ、このライトの光でオレたちの影が……いや、違うわ、動いたわ」

「もう、オレ、ほんとうに怖いんだけど、に、逃げたほうが……あれ？」

「消えた？　どういうことだよ。いまあったよな、そこに影」

「わからない。わからない」

「もう無理だ……外にでよう。ほら、いくぞ、早く」

「ちょ、ちょっと待ってくれよ」

「早く、こっちだ。よし、でよう……あれ、開かない。どうして開かないんだッ」

「お、お、落ちつけ、オ、オレも手伝うから、落ちつけ」

「ダメだ、ぜんぜんノブがまわらないッ、ビクともしないッ」

「わ、笑い声？　お、おい、だ、誰か笑ってるぞ」

「やっぱり、誰かが隠れていたんだよ。早く逃げなきゃッ、でも開かないッ」

「笑い声、ち、近づいて来るぞッ」

「ダメだッ、入るとき割った窓から逃げるぞッ、ほらッ、いくぞッ」

「そこまで来てるッ、来てるッ、ま、待ってッ」

「ほら、いくぞッ、逃げるぞッ」


「はあ、はあ、はあ。あ、あの影、影っていうか真っ黒い人、なんだったんだ」

「はあ、はあ、わ、わからない。笑い声、あ、あんなの聞いたことない」

「も、もうあの家には、も、もどりたくないな、はあ、はあ」

「ま、また電気が通ってる、ち、違う廃墟、探そう、はあ、はあ」

「こ、今夜はこの公園で寝よう。い、家出もラクじゃないな。明日、次の……」

「お、追いかけて、こ、公園の入口、あの影、ほら、追いかけて来たよ、逃げようッ」

「恋の罪」

「あの日、私は彼と初めてラブホテルにいきました。

それまでは何度か会っていただけだったのに、いつの間にか好きになっていて。

距離がぐっと近づいて、お互いの体に触れることが自然な流れだと感じましたね。

愛情と欲望、それらが混じりあって、まるで世界が消えたかのように、ふたりだけの時間を楽しみました。

行為が終わり、私は彼の腕のなかで安堵感に包まれていて。

薄明かりのなか、幸せな気持ちで目を閉じて、眠ろうとしました。

彼も疲れたのか、となりでゆっくりと呼吸を整えていました。

でも、ふとした瞬間に、違和感があったんです。

ベッドのむこう側から、微かだけど、なにか音がする。最初は空調の音だと思ったけど耳をすますと、それが女の低いうめき声のようにも思えた。

不安になったけど、きっと疲れているだけだろう、そう自分に言い聞かせて寝ることにしました。でも、その声は徐々に大きくなっていき——近づいて来るんです。私は彼に『ねえ』と声をかけましたが、彼は眠ってしまったようで寝息を立てています。私は自分の鼓動がゆっくりと速まっていくのを感じました。

そのとき、何かが足元に触れました。ヒタリ、って感じで。まるで誰かがベッドの下から手を伸ばしてきたような感触。私は思わず足を引っこめ、怯えながらぎゅうっと目をつぶりました。ほんとうに心臓がノドまで飛びだしそうでしたよ。

でも、そのとき。彼の腕が私の肩を包みこんだんです。

私は（だいじょうぶ、彼が横にいる）と妙に安心しました。でも、それはほんの一瞬だけで。腕の感触が冷たくて、細くて。別の誰かのもののように思えたんです。

少し頭を動かして腕を見ると、彼の腕の下からもうひとつの細い腕——女の人の腕が伸びていました。息を飲んで固まっていると、腕の先、真っ赤なマニキュアの指が私の頬を撫でたんです。

私は悲鳴をあげて跳ね起きて、ベッドの反対側へ逃げました。
大きな声だったのに、彼はなにもなかったかのように、眠っていました。
朝になり、ソファで眠っていた私を彼が起こしてくれました。
ホテルを一緒にでて、ふたりで駅にむかっている最中、彼に訊きました。
『ねえ……奥さんってさ、赤いマニキュアしてる？』
以来、彼とは会っていませんね。特にその人にこだわる必要もないでしょ？
世のなか男なんて、いっぱいいますから」

「妄想の罪」

「そのコンビニの店長、ようすが変になっていったんです。

最初に違和感を覚えたのは、レジでのやりとりですね。普通、レジの売上があわないと、店長が確認して問題を解決するみたいな流れなんです。

でも店長、やたらと訊いてくるんですよ。

『おい、このレジの記録、ちゃんと確認したか？　釣り銭、少なくないか？』

最初は、ただの確認だと思っていたけど、目が異様に鋭くて。

あれ？　もしかしてなんか疑っている？　みたいに感じたんです。

次に商品の棚の並びを気にしだした。

『この商品、ここじゃないだろ。上に置いたほうが見えやすいに決まってるだろ』

どこに置いても同じだろって思いながら、指示を聞いて並びかえましたね。

店の奥の棚を見たら眉間にシワよせて。

『昨日より減ってないか。誰か勝手に持ちだしてるんじゃないか？』

そう言って、ぼくたちバイトを睨みつけるんです。

ぼく、そのころにはもう、店長の言動が怖くなってきたんです。


『あいつヤベぇよ。めちゃムカつくわ』

出勤したとき、バンドマンやってる他のバイトの子が裏で言ってきたんです。

彼が言うにはその前日の夜、休みなのに店長が店に来たらしくて。監視カメラの映像をひと晩中、食い入るように見続けていたんだとか。それも早送りで数日分も。

『なんだコイツ、なにしてんだ？　ってとりあえず無視してたんだよ』

朝になり、奥からでて来た店長の顔は疲れ切っていて『だめだ。ぜんぜん映ってなかったわ。お前見たか？』って意味のわからないことを言う。バンドマンが『見たかって、誰をですか？』って訊き返したら店長、睨みながら『とぼけるなよ。お前、正直に言えよッ』つって怒りだしたらしいんです。

『コイツ、なにキレてるの？　ってムカつきながらも、オレ優しいからさ。店長、最近だいじょうぶですか？　変ですよ、休んだほうがいいですって言ったんだよ』
店長『赤ちゃん、ひとりで来たら教えろよ』ってフラフラ帰っていった。
『絶対、精神やられてるよ。お前もちょっと気をつけろよ』

それからも店長の被害妄想はますます酷くなって。

勤務が終わったバイト全員のカバンをチェックして『念のため。これも仕事だから。な？　な？』って笑いながらも、その目は完全に疑ってましたね。そのうち、バイトをひとりずつ裏に呼びだして『正直に言えよ。お前たち、グルになって俺を陥れようとしているだろ』ってなにかを聞きだそうとするんです。店の売上が減っているのは、ぼくたちがなにか仕組んでいるせいだと言われた子もいました。

店長が怖くなって辞める子もでてきてましたが、お構いなし。

この店、そろそろヤバいなって思いましたね、ぼくは。

いちばん怖かったのは、ある夜、ぼくの家の近くで待ち伏せしていたことです。

突然、現れて『お前、俺を裏切ってるだろッ』と叫んできました。

その日は血走っていて、まさに狂人って感じでしたね。

『う、裏切るってなんですか、なにをどう裏切るんですか？』

『しらばっくれるな。店のビデオカメラ止めて金パクったり。みんなで裏にある商品持って帰ったり……そうだ手形！　手形も見つけてんだよ、こっちはッ。天井をヨチヨチ歩いてる赤ちゃんを放置したりしてるだろうがッ。オレが駐車場にあったお地蔵さんを捨てた腹いせだろッ。正直に言えよッ。なあッ、なあッ、なあッ！』

もうこんなの怖すぎでしょ？

逃げだしたら『待てよおお』って泣きながら追いかけて来るし。

家に帰ってから、ぼくは他のバイトたちに連絡して相談したんです。

それで翌日、行動が明らかにおかしいことを、みんなでオーナーに報告しました。

オーナーも驚いたようすで、すぐに店長を病院に連れていくことになった。

どうやら、精神的にかなり追い詰められていたらしいんです。

それからすぐに新しい店長が来て、店は落ちつきをとりもどしました。

でも、あの待ち伏せのときの店長のようすが忘れられないんです。

被害妄想があそこまで人間を狂わせるのかと思うと、恐ろしくて。いつも一緒に働いていた人が、突然別人のようになってしまう。あんな経験はもう二度としたくないと思って、新しい店長になってからはみんなでお金をとったり商品を持って帰ったりするのをやめました。

でも店長の言った通り、ほんとうに手形はあったんです。それも天井に。

その手形を付けたのはバイトの誰なのか、結局わからなかったんですけどね」

「掌の罪」

「Mって名前でしたね、そいつ。同級生だったんです。中学のころのね。

小学校も同じなんですけど、ほとんどしゃべったことなくて。中学のクラス替えのときにMと同じクラスになって。初めて近くで見たんですけど、いつも片手をグーにして片耳に当てているんです。授業中とかは普通ですよ、普通。でも休憩時間とか下校するときとか。いつもです。こう、握りしめてグーで、こうやって耳に。

そういうクセだと思いました。だって片手で本を読みながら、もういっぽうはグーで耳。片手なのに本、上手にめくるんですよ。

それを見て、ああ、こいつ家でもこのクセやってるなって思いました。

あんまりしゃべるのは得意じゃないみたいで、友だちも少なそうでした。基本的には教室の隅、自分の机に座って本読んでるって感じで。

オタクなのかな、とも当時は思いましたね。

ある下校時に校門でて歩いてたら、国道の前にある公園のところで、同じ学年のヤンキー連中がいるんです。まあ、どっちかと言えば、ぼくもヤンキーよりのところがあったから、知っている顔ばっかりで。

おう、なにしてんの？　って声かけたら、なぜかそこにMがいて正座させられてるんです。なんか知らないけど、シメられてるってすぐにわかりました。

ヤンキーのひとりが『コイツさ、前からそうなんだけど、話しかけても無視するからムカついてたんだよね』とか言って軽くキックして。

無口なだけだし、可哀そうだからやめろよって、助けたんですよ。

それからちょっと無駄話したらヤンキーたち、すぐに帰っていきました。

Mに、だいじょうぶか、あいつらバカだから許してやってくれよって、声かけたんです。ひと言も返さず立ちあがって、カバン持って帰ると思いきや、地面キョロキョロ見てるんです。なんか落としたみたいだと思って、なに探してるのって訊いたんですけど、それも答えず。仕方ないから、なにかはわかんないけど、ぼくも一緒に探したんですね。

そしたら、なんか小さくて黒い筒みたいなのが落ちてて。なんだこれ？　って拾ったらハンコ入れみたいなやつ、印鑑ケース？　だったんですよ。Mに『探してるのってコレ？』って差しだしたら『あ』って受けとって。そのまま帰っていくんです。そのとき初めて知ったんです。あいつ、帰りながら印鑑ケース握りしめて、耳に当ててたんです。グーじゃなくてケース。あれをいつも握りしめていたんですよ。

ぼくは彼のうしろ姿を見ながら、変わってるなあって、つぶやきました。

ま、そういうことがあってからMを見るたび、今日も握ってるねえ、なんてこと思ってたんですけど、なぜケースなのか？　までは、あんまり考えませんでした。勝手に、握る感触がちょうどいいのかな、くらいに思っていましたね。

んで、けっこう経って。高校生になったころですね。

休みの日の昼間で、父親と母親と昼飯食べたあと、テレビ観てたんです。インターホンが鳴って、母親が玄関にむかって、なんか話す声が聞こえて。ちょっとしたら母親がもどってきたんです。スーツ姿の年配の男性と着物の女性を連れて。父親もぼくも寝転がってテレビ観てたからびっくりして『え？　誰？』って座って。

母親が『Mくんって友だち知ってる？　保護者のかただって……』って、なぜかオロオロしていて。その男性、白い布でくるんだ箱を首にぶら下げてるんです。すぐにMが誰だったのか、わからなかったけど『中学のときの』っていう言葉で思いだして。

母親は『座ってください、いまお茶持ってきますから』って台所いって。父親はテレビ消して正座して。母親がお茶をひとつ持ってきてから、男性が口を開く。

『いきなりすみません。Mが亡くなったんで、そのご報告とご挨拶に来ました』

そんなこと言うんです。ほんとうにいきなりすみません、ですよ。

『死んだんですか？　あいつ』

『もともと病弱だったのですが、高校に入ってすぐ入院しておりまして。この二日前に息を引きとり、先ほど荼毘に付したあと、こちらへよらせて頂きました』

『え？　じゃあ、それMですか。骨壺？』

首にぶら下げた箱を指さすと『はい。そうです』と頭をさげます。

『ということは……おじいさんは、あいつの親ですか？』

『Mは幼いころに両親を亡くしておりまして。私はMの祖父です』

『ああ、道理で。やっぱりおじいちゃんなんですね。なるほど』

口のききかたも知らないぼくは、いちばんの疑問を訊いてみました。

『あの、どうしてオレのところに来たんです？　別にMとぜんぜん仲が良かったワケじゃないんですけど。多分、一回くらいしか彼としゃべったことないし』

『Mが息を引きとる前に、あなたに渡すように頼んできたんです。骨を』

『骨？　骨って骨ですか？　Mの？』

『はい。とは言っても全部ではなく……ひと欠片ですが』

もうね、ぼくも両親も同時にいやいやいやいやって手を振りましたよ。

『う、受けとれませんよ、骨なんて。っていうか、絶対いらないし。なんで？　なんであいつ、骨なんか渡すように言ったんですか。しかも、オレを名指しで』

『それは、私のせいだと思います。私が親のいないあの子に、私の娘、あの子の母親の骨を渡して、寂しさを紛らせるように言ったんです。あの子はそれを常に持ち歩いておりました。このことはご存じですか？』

『いや、知らない知らない』

『人と交流するのが苦手だったあの子が、公園であなたに親切にしてもらった、嬉しかったから、お母さんみたいに声をかけてあげたい、そう申しておりました』

『公園は覚えてます。確かに助けましたね。でも、たったそれだけの理由？　あと、お母さんみたいに声をかけてあげたいって、なに？　どういう意味なんですか？』

『あの子には母親の声が聞こえていたんです。母親は骨になっても声をかけていた。もちろん、それはもう言葉ではありませんが、骨にはそういうちからがあるんです』

最初から妙な話でしたが、だんだん怖めの話になるんです。

そのあともぼくに骨を受けとらせるためにいろいろ言ってきました。Mの骨はいつかぼくを助けてくれるとか。お守りになるとか。なんか変な宗教の勧誘を受けてる感じがして、ずっと断っていたんですけど、ぜんぜん帰ってくれないんです。

結局うちの親の案で、受けとるけど、いつかどこかのお寺に供養しに持っていくかもしれない、それでいいならという条件をだして受けとることになったんです。

『まさか、いまからその骨壺開けて渡すんですか？』

『いいえ、茶毘に付したとき、もう別の入れ物に入れておきました』

『そうですか。良かったあ』

『ありがとうございます。こちらがMの骨の欠片です。どうぞお持ちください』

そう言って、なんと印鑑ケースを渡してきたんですよ。

そこでやっとMの行動とか、全部つながったんです。でも、なるほど、そうだったのか！　とはならなかったですね。どちらかというとゾッとしました。

Mの骨は翌日、速攻でお寺に持っていきました。

とてもじゃないけど、耳に当てて聞いたりする気になれなかったですね。

印鑑ケースのなかの骨から声がするなんて、考えたくもない。

やっぱ気持ち悪いですよ。

でも、祖父から言われて母親の骨を持ち歩かされるって、どうなんですか。

亡くなった人と常に一緒にいるってのは、優しくも感じるけど。

子どものころからそんなことさせられたら、性格が歪んでしまうような気もするし。

難しいですよね、ホント。

さて、この骨の話。我が家では語り草になっているんですけど。

ぼくとぼくの父親の話バージョンとぼくの母親の話バージョンの、二パターンになって、話が違うところがあるんです。さて、どこかわかりますか?」

「祝言の罪」

「皆さま、本日はお忙しいなか、HさんとSさんの結婚式にお集まりいただき、誠にありがとうございます。このような晴れやかな席でスピーチをさせていただけることを大変、光栄に思います。

新郎のHさんとは、私が大学に入学したころからの親友です。

学生時代から社会人としての生活まで、さまざまな経験を共にしてきました。

そんな彼がこうして人生の新しい門出を迎えることを嬉しく思います。

皆さんもご存じの通り、Hさんは誠実で思いやりのある人です。

彼はいつも周りの人々を大切にし、困っている人を見過ごすことができない性格です。大学時代、夜遅くまでレポートを書いていた私を助けてくれたことがありました。自分も疲れていたはずなのに、彼は嫌な顔ひとつせず、私のために時間をさいてくれました。

おかげで、私は無事に提出期限を守ることができました。

あの時の恩はいまでも忘れられません、Hさん、本当にありがとう。

また、Hさんは大変な努力家でもあります。

新しいことに挑戦することを恐れず、いつも前向きにとり組んでいました。

彼は何事にも真剣にむきあい、決して諦めることはありませんでした。

その姿勢は、私を含め、多くの友人たちに影響を与えてきました。

彼のその粘り強さと決断力が、いまの彼を成功の道へと導いたのだと思います。

いっぽう、Sさんは、私が初めてお会いしたときから、非常に魅力的で素晴らしい女性だと思っておりました。彼女の優しさと気配りは、誰に対しても平等で、まるで聖母のような存在です。

Hさんが彼女に一目惚れした理由がよくわかります。

実際に彼がSさんについて話すとき、その目はいつも光り輝いていました。

彼女と一緒にいる時のHさんは、本当に幸せそうで、私たち友人もその幸福感を共有できることを誇りに思います。

Hさんと Sさんが出会ったのは、まさに運命だったと言えるでしょう。

彼らの出会いは、偶然ではなく、きっとなにか、大きなちからが働いていたに違いありません。それは、ふたりがこれから共に歩む人生が、特別なものであることを示しているのだと思います。

結婚生活は、楽しいことばかりではないかもしれません。

ときには困難なことや試練が訪れることもあるでしょう。

しかし、私はおふたりが、ちからをあわせて、その困難のすべてを乗り越えていくと信じております。Hさんの持つ強さとSさんの優しさがあわさることで、どんな困難も乗り越えられるはずです。

そして、なによりも大切なのは、互いを思いやるこころです。

結婚生活では、お互いの違いを受け入れ、尊重しあうことが求められます。

ときには意見があわないこともあるかもしれませんが、そのようなときこそ、冷静に話しあい、お互いの気持ちを理解しあうことが重要なのです。

私も結婚して数年が経ちますが、先月までの結婚生活は素晴らしいものでした。

もちろん、簡単なことばかりではありません。しかしそのぶん、喜びや幸せも大きいのです。おふたりには、是非その喜びを一緒に感じて欲しいと思います。

結婚とは、ただ一緒にいるだけでなく、共に成長し、支えあうことです。

より良い人間になるために、お互いがお互いを励ましあい、助けあうことが結婚の本質だと思います。HさんとSさんなら、それができると私は信じています。

今日という日は、おふたりにとって新たなスタートです。

これからの人生、ふたりでたくさんの素晴らしい思い出を作ってください。

どんな困難が待ち受けていようとも、おふたりなら必ず乗り越えられます。

愛と幸福に満ちた未来でありますよう、こころからお祈り申しあげます。

そして、今日ここにいらっしゃる、すべての皆さま。

おふたりの人生を温かく見守り、支えてくださることを願っています。家庭というものは、夫婦だけのものではありません。家族や友人、そしてまわりの人々との絆が、生活をより豊かで充実したものにしてくれるのです。

だからこそ、今日この場にいる皆さんも、おふたりを支える大切な存在です。

これからも、彼らの幸せを見守り、共に喜び、そして支えていってください。

私も、これからもずっと、おふたりの幸せを祈り続けます。

さて、これまで長々とお話しさせていただきました。

そして最後にひとつだけ、Hさん。こころに留めておいてください。

結婚生活は、愛と信頼――そして努力が必要です。

でも、どうしてもなにかに迷ったり、困ったりしたときには、深夜に目を開けて、となりにいるSさんではない顔をじっくりと見つめてください。

恋人がいることを隠して、あなたが不倫していた私の妻は、先月この結婚を知って自らの命を絶つ選択をしました。私も遺書を読んで驚きましたが、きっとその妻が、あなたの横で、じっとあなたの顔を見つめているはずです。そんなときには決して目を背けず、しっかりと視線を受け止めてあげてください。なぜなら、きっと妻は、これから先のおふたりの人生における重要な意味を持った怨念だからです。

Hさんと Sさん、そして皆さまのご多幸をこころからお祈りしております。

スピーチを終わらせていただきます。ありがとうございました」

「刺激の罪」

「不動産屋から紹介してもらった物件、ほんとうに気に入ってたんだ。広さもちょうどいいし駅からも近い。内装もキレイだし、特に件のバスルームは相当お気に入りだった。

最初は入居して数日後だった。

夜にシャワーを長めに浴びていたら突然、お湯の温度が勝手に下がって冷水になった。びっくりしてシャワーを止めたけど、妙な気配を感じた。まるで誰かがバスルームにいて、じっとオレを見つめているような、そんな気配だったよ。

でも、それから毎晩だった。シャワーを浴びるたびに、同じ現象が繰り返されるようになったんだ。そのうえ、バスルームの鏡を見ていると黒い影がちらりと映ることがある。振り返るとなにもない。一瞬だけど、確かに見えるんだ。いつも背筋が凍るような感覚だけを残して、その気配は消えていった。

そしてある夜。バスタブに浸かっていたら、排水口から音が聞こえてきたんだ。ぞわぞわ、ぞわぞわって音さ。水が流れていく音かと思って、バスタブから排水口を見ると大量の白いうじ虫が湧きでてきていた。恐怖で息が詰まり、思わず立ちあがって後ずさりした次の瞬間、湯のなかでなにかがオレの足をつかみやがった。

オレは『ひゃはッ』とバスタブから飛びあがり、バスルームからでた。

しばらくして、おそるおそる見にいったが特に変わったところはなかった。あんなにいたハズのうじ虫はどこにもいなくなっていた。コウフン冷めやらぬオレは、また『ひゃッ、ひゃはッ、ひゃはははッ』と声をだして笑った。

好き好んで事故物件を選ぶのは、この感覚がたまらないからさ。

高齢化社会のせいか、人間同士のつながりが希薄になったせいなのか。

そんなことオレにはわからない。オレもアンタ同様、怪談や都市伝説の類が大好きだ。でもオレは体感を求めた。脳で聞いた話を再現することよりも、実際に恐怖を肌で感じることができる体感を欲した。

いまのこの時代、事故物件だからやめておいたほうがいいですよ、なんて抜かす不動産屋はいないだろう。借り手が決まるなら契約してくれるならと、手を叩いて喜ぶやつらばかりだ。そいつらはオレのニーズに応えてとんでもない物件を喜々として紹介してくれる。バスルームで心臓マヒを起こし、腐乱死体で見つかったというこの物件のように。

しかも現れたのは、うじ虫の幽霊と来たもんだ。こんなこと予想できるはずがない。最高だ。だから事故物件はやめられねえ。恐怖を与えてくれ。恐怖は刺激だ。刺激は喜びだ。喜びは生きがいだ。さあ、さあ、もっともっと怖がらせてくれ。

——そう思っていたのは最初だけだ。

結局、この物件もオレに恐怖を、刺激を与え続けてはくれなかった。

うじ虫がでたからなんだって言うんだ。足をつかむなんて誰だってできること。

そのうちまったく恐怖を感じなくなってしまった。

この物件ももうダメだ。

そろそろ新しい事故物件を探さなきゃいけない。単調な日々は退屈だ。幽霊側にはもっと努力を求めたい。もっとがんばってくれ。オレはさらなる恐怖を求めて移動する。次こそはオレを飽きさせない恐怖を、と期待して。

それはそうと最近ずいぶん体重が減ったな。なぜだろう」

「無敵の罪」

「おにいちゃん、ここ事務所の前だから邪魔だよ。あっちにいってくれるか？」

「おい。なにしてんだ？」

「兄貴。ご苦労さまです。いや、こいつが邪魔なんで……あれ？　どこいった？」

「……下をむいた男だろ、ここにいたやつ。二度と声かけるな。きかねえから」

「どうしてですか？　おれが言って聞かせますよ」

「ばか野郎、お祓いが効かねえんだ。いいからもう声かけるな。わかったな？」

「運命の罪」

「ずいぶん前の話なんだけど、父親がいまで言う反社な商売していたんです。

いわゆる地上げ屋ってやつ。家やビルやマンション、開発のために嫌がらせをして、その土地から住人を追いだすっていう、あのヤクザな商売です。

父親は強面でガタイも良くて。

育ちも悪かったからむいていたんでしょう、そういうのに。

けっこう忙しかったみたいですよ。

でも難点もあって。良い人なんですよ、基本。

見た目は商売にぴったりだったかもしれないけど、中身は優しかったんです。

だから、仕事がストレスだったみたいで辞めたがっていた。

じゃあ、辞めればいいと思うかもしれないけど、父親自身にも借金があって。

家族を支えていくには続けるしかなかったみたいですね。

あるとき、先輩が占い師のところにいくって言うので、ついていくことにした。

そういう商売の人って夜の仕事の人たちと同じで、縁起ものとかスピリチュアルなものとか気にするんです。年明けの仕事はじめには厄払いにいきますし。まあ、それはいいとして先輩が占ってもらうついでに、自分も占ってもらった。

そこで占い師に手相を見てもらって、こう言われたんです。

『あなた、死にますね。おそらく二年以内に』

父親も先輩も『は?』って同時に声をだして驚いた。

『死ぬんですか、オレ』

『はい、申しわけありません。そういう風に結果がでてますね』

『あの、死ぬ手相って、どこでわかるんですか?』

『基本はこの生命線ですね。ほら。途中で途切れているでしょう、ここ』

『はあ……じゃあ、二年というのは?』

『二年は私が感じた私自身の経験的なものです。タロットもしましょうか』

手相以外の方法でも占ってもらったのですが、どれも結果は同じで。

『ダメですね。こちらも死を暗示するものです。ほら、この水晶のところ……』

『あの……これは運命みたいなやつですか？　運命でオレ、死ぬんですか？』

『運命といえば運命ですね。多分、仕事が原因です。辞めたら変わるでしょう。どうにも怖い暗示のカードもでていますし、思いきって転職を考えてみては？』

そんなこと言われても困りますよね。仕事の先輩も横にいますし。

『しかも、あなた殺されるみたいですよ。これはオ、キ、ガ、ワ、ですかね？』

『殺される？　沖縄で殺されるんですか？』

『いえ、沖縄じゃなくオキガワ。あなたを殺す相手の名前ですね。オキガワさん』

結局、占い師からは、仕事を辞めるしかないと言われ続けたみたいですね。


その帰り道、先輩からも転職を勧められて、父親も本気で悩んだみたいです。

とにかく早く借金を返すこと、時間の経過を意識して二年以内に足を洗うこと、そしてなによりオキガワという名前、もしくはそれに近い名前の人に近づかないことを父親は心掛けました。でも二年なんて、借金を返すには短くて心掛けを守るには長すぎる。ほんとうに、あっという間だったそうです。ただチェックだけは怠らず『オキガワ』という人が身近にいないか、常に名前を確認していたようです。

二年が過ぎようとしたころ。

父親は馴染みの会社の人たちの飲み会にいくことになりました。

そこの会社もけっこう危ない組織で、怖い人たちがたくさんいるんです。飲みの席もホステスたちがいる店を貸しきったもので、二十人近くが参加している。

さすがに全員の名前を訊いてまわるワケにはいかない。

父親は警戒していたそうなんですが、そのうち酔いがまわると楽しくなって。無礼講よろしく、どんちゃん騒ぎ。見た目がヤバい強面にも慣れているもんだから、ふざけたことばかりしていた。人のかけてるサングラスを奪って自分がかけたり、偉い人に肩組んだり、コップを店のママやホステスに投げて割ったりして。

馴染みの会社の人たちも何人か、父親の挙動にイライラしてきて『お前、調子乗りすぎだろ』とか『飲みすぎだぞ、こら』と注意するんですが、もう耳に入らない。

結局『もっと酔わせて黙らせようぜ』みたいな流れになって。

日本酒をがばがば飲まされて、ばたんきゅう、ひっくり返ったそうです。飲み会に参加していた先輩が頭をさげながら『みなさん、すみません、すみません。こいつ酔っちゃって。もう邪魔だから連れて帰ります。おい、おきろ』と父親を起こそうとして、顔色がおかしいのに気づいたんです。

よく見たら目が少し開いてるし、けいれんして口から泡も噴いている。酔った強面のひとりが必死に『おい、だいじょうぶか』って声かけても反応がない。先輩も慌てて救急車を呼んだ。が『こいつ死ぬんじゃねえの？』とつぶやいて、先輩も慌てて救急車を呼んだ。


急性アルコール中毒でかなりヤバい状態だったとか。

蘇生でなんとかなったらしいですが一時、心臓も停止してしまって。日本酒の一升瓶を何本もイッキ飲みしまくっていたそうなので、まあ、あたり前なんですけど。

意識がもどった父親は、ずっと付き添ってくれていた先輩に危ない状態だったと聞いて『なんか、ずいぶん占いと違いますね』と弱々しく笑ったそうです。

まあ、そういうことなんですよ、きっと。人に言われた運命や、占いなんかで物事を決めちゃいけない。自分で考えて自分で決めることが大事なんです。

でも結局、父親は足を洗って建築現場の仕事をがんばるようになりました。

転職する前、自分が酷く酔っぱらった飲み会、貸切の店にも謝りにいったそうです。ホステスたちもママも父親のことを覚えていて『生きてて良かった。死んじゃったと思った。ふふっ、またこのお酒飲む？』って、あの一升瓶だされて。もう勘弁してよ、と言いながらラベル見たら、品名の下に『沖川酒造』って記されていて」

「熱血の罪」

「このガキ、起きろッ」

「痛ッ！　クソ親父、ふざけるなよッ。なんだよ、いきなりッ」

「てめえ高校生の分際でクソ親父だあッ？　いい度胸してるじゃねえか、おらッ」

「痛ってえッ！　いい加減にしろよ、次やったらオレもやり返すぞッ」

「上等だッ、かかって来いよッ、てめえなんかに負けるかよ、おらッ、どうしたッ」

「うおおおッ、こんのクソ親父があぁッ」


「ごめん、だいじょうぶか……親父」

「うん。だいじょうぶ、じゃねえわ。もっと氷持ってきて。超痛え」

「いつも思ってるんだけど、なんでそんなに弱いのに口だけは勢いあるの？」

「お前と違って繊細にできてるの。お前現在、空手部。オレむかし、将棋部」

「そんなことどうでもいいから。で？　なんだったの？」

「なんだったのって、なにが？」

「いや、寝てるところを蹴り起こすくらい、なんで怒ってたの？」

「忘れてた。すぐに初心を忘れて流されちまう。でも、そんな自分がとっても……」

「もういいから。なに？」

「死んだ母さんの夢を見て。とりあえず殴ろうって思って」

「意味わかんないから。なんなのそれ？」

「最近、仏壇の母さんにちゃんと話しかけてるか。寂しいって言ってたぞ、母さん」

「夢？　夢見が悪いせいでオレ蹴り起こされたってこと？　マジか」

「そうじゃない。いや、そうか。まあ、結果的にはその通りだ。さすがだな」

「なにが結果的にはだよ。ぐっすり寝てたのに。まだ朝八時じゃん。休日の」

「いや、なんか変な夢だったんだよ。いろいろ言われてさ、母さんに」

「なんだよ、もうマジで迷惑。母さん、なんて言ってたのよ」

「とりあえず、もっと野菜を食べなさいって」

「そっか、野菜ね。他にはなんて言ってたの、ドリーム母さん」

「あと、今日バイク乗って事故るって。でもお前、バイクなんか乗らねえよな」

「免許ないから乗るワケねえだろ。なにワケわかんねえこと言ってんだよ」

「うん、オレもワケわかんない」

「あのさ、話終わったなら、もうちょっと寝かせてくれない？　眠いんだけど」

「そうだね。なんかごめんね。朝から興奮しちゃって。父さん熱血タイプだから」

「熱血タイプには見えないけどね。じゃあ自分の寝室にもどってください」

「うん、わかった。それじゃあ。失礼しました」


「……あ、もしもし。あのさ、今日のツーリング、ちょっと無理になったわ。なんか熱血タイプがすげえ怖いこと言いだして。うん。うん。やっぱ免許とってからがいいかもね。また明日学校でな。じゃ」

「共犯の罪」

「お母ちゃん。この前の差し入れはだいじょうぶじゃったかのう？」

「だいじょうぶよ。ありがとうね。あんたも忙しいやろうから、こんなに面会に来んでもええんよ。私は平気じゃから。気にせんで」

「わし、いま仕事がヒマじゃけ。差し入れ欲しいのあったら、なんでも言うて」

「それよりお父さん、体の調子はどう？」

「親父、元気よ。近所のやつら、ごちゃごちゃ抜かすな言うて、怒鳴っておったわ」

「人殺しの女房持った旦那やからね。肩身がせまいじゃろうに」

「お母ちゃんは人殺しやなか。知らずに片棒かつがされただけじゃ。そんなこと考えたらいけんよ」

「いや、人殺しよ。その証拠に毎晩、来とったけえ」

「来とったって？　誰が来とったの？」

「殺した相手よ。毎晩来とったわ。こうやって、斜めから睨みつけとった」

「母ちゃんのところに来るのは筋違いじゃろ。主犯のところに化けてでえよ」

「来るっちゅうことは、むこうはそう思とるちゅうことじゃ。悪いことしたわ」

「そうじゃ！　御札、持ってこようか、今度。悪霊退散じゃ言うて、消えおる」

「いいんよ、そんなん。もう来んようなったから」

「いつ来んようになったんじゃ？」

「逮捕されてからぜんぜん来んようになってもうたわ。もしかしたら、幽霊っていうのは、人のこころに、おるものかもしれんね」

「Dの罪」

「親が別々に暮らしだしてん、高校生のころ。離婚ではないから別居やね。ほんで、お姉ちゃんはオトンと住んで。私はオカンと住んで。言うても、どっちの家もめっちゃ近いから、好きなときに行き来できたんやけどな。

でも、オトンと住めば良かった思て。後悔しとってんな、その当時。

なんでか言うたら、私に彼氏できてん。なんか同級生が入ってた族の先輩。めっちゃかっこよくて、たまらんかったんよ、その先輩。バイトして免許取ってバイクとか買って乗ってて。ようケツ乗せてもろててん。言うても原付なんやけど。

オトンはめっちゃ優しいから、夜遊べるねん。外にでても怒らへん。

オカンはアカン。めっちゃ厳しいねん。夜なんか外、ムリ。でたら殺される。

でも彼氏、夜派やねん。そりゃそうやな、族やもん。昼間に走っとったら健康的になってまうもんな。学校もあるし、昼は会われへん。夜よ、自由が欲しいんは。オカンは夜の商売、スナックのママやっとってん、スナックのママ。でもこれがまた、十二時とかに終わりおるんよ、お店が。早いやろ、十二時って。朝までやって欲しかったわ。そしたら朝まで自由なんやけど、十二時やねん。

わかる？　帰ってきたら私の部屋のドア開けて、おるかどうかちゃんと確認しおるねん、オカン。私の門限、夜の八時やったんやけど……あ、オカンだいたい八時に出勤しとってん、バイトに店開けさせて。だからオカンが出勤した夜八時からは外にでれるんやけど、今度は十二時に帰って来おるから、念のため十一時半までには帰っとかなアカン。三時間半しかあらへん。やっぱ若いからそんな短い時間しか、男とおられへんのムリやん。

だからな、私、考えてん。

名付けて『D作戦』。え？　なんのDかって？　抱き枕のDに決まってるやん。

部屋の電気消しといて、抱き枕に布団かぶせて私の分身になってもらうねん。

オカン、店から帰って来るやろ？

ほんだら私の部屋のドア開けるやん。電気消して寝とるねん。私が。でもそれ、私ちゃうねん。抱き枕やねん。

ほんで遊びにいって、朝方そーっと帰って来るねん。静かに鍵そーっと差しこんで音させへんと開けて。ゆっくりと玄関のドア、がっ、ちゃ、あ、あ、って開けて部屋もどるねん。賢いやろ、私。

ちゃんとご飯食べるときに、布石も置くねん。昨日あんま寝られへんかったから今日は早よ寝よう、とか。生理のせいかなんかめっちゃ眠たいわ、とか。ご飯のときに何気なく言うとくねん。そしたら部屋のドア開けたときに（ああ、そういや言うとったな、眠いって）ってなるやろ。

この作戦、けっこう完璧で絶対バレへん。そりゃ、しょっちゅうは使われへんけど、一週間に一回くらいは有効。朝、そっとドア開けるのもコツがいるけど、抜かりあらへん、練習したし、完璧にこなしたったでホンマ。

でも、そのうち変なことが起こりだして。

オカンと会話があわへんようになってきてん。なんか学校から帰ってきたら『あんた、昨日言うとった本、これで買ったらいいわ』ってオカン、お金渡してきたり。約束してないのに『約束通り、今日オムライス。嬉しいやろ』とか言ってきたり。

なんかおかしいねん。

適当に話あわせてたんやけど、そのうち噛みあわん話の前の夜は『D作戦』やってることに気づいて。なんやろ、オカン酒で頭いってもうたんちゃうか、思うてた。

ある夜、また家抜けだして彼氏に会いにいったんやけど。

なんか知らんけど急に集会が入った言うて、すぐ帰らされてもうて。仕方ないから家帰っててん。まだ十時やったからオカンは店いっとるわ、思て帰ったら。

台所の電気ついてるねん。

うっわ帰ってきてるわ、早退でもしたんかいな、最悪や。どうしよう。

でも外におるワケにもいかんから、いつもみたいにそっと玄関の鍵開けて、ゆっくりドア開いて。リビングのほう見たら、そこも電気ついてるねん。

でも、あれ？　オカンのハイヒールないやん、って気づいて。

じゃあ、帰ってきてないってことかいな？

リビングも台所も電気消したはずやけど、消し忘れみたいや。なんやビビってもうた。安心してドアを音立てて閉めたら。

部屋の奥でばたんッ、だだだッ、なんか走る音がして。

誰かおるねん。もしかしてお姉ちゃんが来てるんか？
そう思うて入ってリビングとか台所とか探したけど、やっぱ誰もおらへん。
え、いまの音なんやったん？
まあとりあえず自分の部屋もどろうと思て、部屋のドア開けたら。
抱き枕が床に落ちて、布団がめくれあがってた。
しかも台所、私の好きな紅茶を入れようとした形跡があって。
なあ、これってどういうことやと思う？　やっぱ、抱き枕の仕業なんかな？」

「跡の罪」

「いつもみたいに会社で仕事してたんです。デスクワークです。うしろで年の離れた後輩が『あれ……ひゃッ』って声をあげて。振り返ってどうしたの？　って訊いたら『Y子先輩、どうしたんですか』って驚いてるの。

『頭？　なにか変？　どうしたの？』

『ちょっと来てください、こっちへ！』

言われるまま給湯室に連れていかれて、壁にかかってる鏡の前に立たされたのよ。

『髪の毛が抜けてますよ、すごく。ちょっと触ってみてください』

『え？　やだ、嘘。髪の毛？』

あわてて彼女が指さす右耳のうしろに触れると、確かにそこだけ髪の毛がない。代わりにザラっとした感触があるんです。

『これなんですか？　カサブタ？　いままで気づかなかったんですか？』

『カサブタ？　血がでてるの？』

位置的に自分じゃ見えないから、スマホを渡して写真を撮ってもらったんです。

二センチくらいの幅でしょうか、髪の毛がなくなり頭皮が見えていました。その頭皮も赤黒く、まだら模様のカサブタみたいになっている。後輩は『それ痛くないんですか？』と顔を歪めていました。痛くはなかったんです、ほんとうに。

『これ怪我みたいに見えるけど、ぜんぜん心当たりない。どうしたんだろ』

『脱毛症でしょうか？　先輩……いろいろあったから疲れてるんですよ』

当時、離婚してひとり暮らしをはじめたばかりでした。息子もいたんですけど、夫と夫の両親にとられて。寂しくはありましたが、まさか脱毛症になるなんて。

とりあえず結んでいた髪の毛をおろして、カサブタを隠し、仕事を続けました。

マンションの部屋にもどって、枕や布団を調べましたが血の跡もなにもない。

（ということは、やっぱり脱毛症かな。もう……やだ。先生に相談しよう）

次の休み、かかりつけの心療内科の先生に相談しました。

『怪我に見えるけど、怪我なら痛みで気づくはずだし。ちょっと変だね』

先生は私と同じ感想を言ったあと、寝ているときに爪で掻いているのかもしれない、手袋をして寝たほうがいいかもとアドバイスをしてくれました。

『……で、最近はどうですか。息子さんのことは考えたりしますか？』

いつものようにしっかり話をして、帰宅し、その夜はゆっくり休みました。


翌朝、気持ちよく起きて、顔を洗い、鏡をみて、悲鳴をあげました。

左の側頭部から後頭部にかけて、ごっそりと髪がなくなっているんです。まるで頭の半分が欠けているように見えて、痛々しいなんてものじゃない。震える手でおそるおそる触ると少しだけ痺れみたいなのが走りました。

（手袋はちゃんとしていたし、枕や布団に血もなにもついていないのに、どうして）

私は泣き崩れてしまいました。

『こんなんじゃ外にでれないよ、どうしよう、どうしよう』

私は連絡して、しばらく会社を休ませてもらうことにしました。


何日も家にいましたが、食料がなくなると帽子をかぶって買い物にいきました。

ときどき友人からＬＩＮＥが来たけど、返事をする気力はありませんでした。
鏡を見るのがイヤだったので、家のなかでも目を伏せて歩きました。
画面に自分が反射して映るから、テレビにバスタオルをかけました。
見知らぬお婆さんが嗤いながら、私の頭に手を伸ばしてくる夢をよく見ました。
寂しくなって元夫に電話をして、息子と話したいと頼みましたが断られました。
息子に煙草で火傷させたのをメールで謝りましたが、返信はありませんでした。
後輩がお見舞いに来て魚料理を作ってくれましたが、変なニオイがしました。
コンロの魚焼きグリルのなかから、髪の毛が頭皮付きで何束もでてきました。
髪はいま首元しか残っていないので、昼間は外にでられませんね。
最近は夜になると散歩してます、お婆さんついてくるけど」

「邪悪な罪」

「母からこんな変な話を聞いたんです。

うちの母は保育士をしていたんです。都内にある幼稚園で、けっこう大きめの園。当時はいまと違ってたくさん子どもたちがいたので、保育士もけっこうな人数がいたらしいんですが。園から家が遠かったので、私が高校を卒業して就職したくらいの時期に辞めたんです。

辞めて数年が経ったとき、母とお酒を飲んでいて。なんてことない話をしていたときに私が訊いたんです。いままでお世話した子どものなかで、いちばん良い子だったのはどんな子だった？　って。そしたら母、梅酒を片手に、

『面倒見がいい子かな、お友だちを自分の兄妹みたいに思ってる子って、たくさんいるから、いちばん良い子って難しいね。うん、やっぱりみんな、いちばんかな』

そんな答えを返してきたんです。母親は博愛主義っていうか優しすぎるっていうか、なんでも良い方向、幸せなほうに考える人間なので、人を見る目線もいつもそんな感じ。そういう答えが返ってくるとは思っていましたから、予想通りだったんですけど。私が『そっか。じゃあいちばん悪い子はどんなだった？　お友だちにいじわるしちゃう子とか？』って訊いたら。梅酒のグラスを置いて『いたね』ってつぶやいて。

『すごい子がいた。その子のことは、あんまり考えたくない』

そんな変なこと言うんですよ、顔色変えて。

いつも人を良い風にしか言わない母が、そんなこと口にするもんだから、私は妙に興味を持っちゃって。どんな子だったの？　教えてよって頼んだんです。

『ビデオカメラがあったのよ、保育室の天井に。

問題が起きないかよりも起こったあと、なにがあったのか確かめるために。

保育室はいつも子どもたちの他にも保育士たちが必ずいるから、たいていのことは注意して見てるの。それでも見逃してしまうこともあるから、そういうときビデオカメラで確認するの。

例えばふたりの園児がケンカして泣いてるから理由を訊いたら、どっちの子も相手が叩いたって答える。ちょっとした怪我とかしてたら、ふたりの親御さんはどっちが先に叩いたのか明白にしろって、もめごとに発展するから、そういうときビデオカメラで確認するの。そうすれば先に叩いたほうをちゃんと注意できるし、親御さんも納得するでしょ』

なるほど、と私は母の話にうなずきました。子どもだけじゃなく親のことまで考えなくちゃいけないのは面倒くさいですけど、確かにその通りですよね、ホント。

『ある時期に年中さん、四歳くらいの子たちのクラスで園を休む子が増えたの。いきたくないって駄々こねて休む子たち。

なんでか理由がわからなかったんだけど、ある親がお昼寝の時間がイヤだからいきたくないってうちの子が言ってるって教えてくれて。

その子が来たときにどうしてお昼寝がイヤなの？　って訊いてみたの。

そしたら昼寝するのが怖いって言うのよ。どうして怖いの、なにが怖いのって訊いたら、言われるから、って答えて。

誰になにを言われるのか。それを何度も訊いたんだけどよくわからないし、何回も訊くと泣きそうになるし。それ以上は追及せずにその子の親御さんに怖がってる理由を無理やりじゃなく、それとなく尋ねて欲しいって頼んだのね。

そしたら何日か経って訊きだすことができたみたいで。それがTちゃんって子が怖いって名指しで言ってたらしくて』

Tちゃん？　そのTちゃんも同じ教室でお昼寝してる年中さんなの？

『そう。Tちゃんはおかっぱ頭の女の子。折り紙が上手で大人しい。ちょっと感情表現がうすいところもあったけど、特に問題はない子だった。その子が怖いって言うのよ』

影でいじめてたんじゃないの、そのTちゃんが。

『やっぱり四歳だからさ。影でいじめるとか、こそこそ隠れてなにかするにも限界があるし。影でやってたら、こっちだって気づくわよ。ちゃんと見てるんだから』

じゃあ、気に喰わないから、Tちゃんの名前をだして登校拒否したのかしら。

『登園拒否ね、幼稚園だと。

他の子の親にも、それとなく訊いたのよ。Tちゃんが嫌いかどうか直接訊いたら問題になるから、幼稚園で性格があう子と、性格のあわない子の名前を訊いてくださいって遠回しに。クラスの子の名前が書かれた名簿を渡して。順番に訊いてみてくださいって。そしたら、園にいきたがらない子たちの何人かが、Tちゃんの名前をだした瞬間、泣きだしたらしいの』

え！　ということはやっぱり、いじめてるね。Tちゃん。

『でもそんなところ見たことない。男性保育士に相談したら、ビデオカメラをチェックしますかってことになって。園にいきたがらない子たちは、みんなお昼寝の時間がイヤだって言ってるんだから、その時間になにかしてるんだろうって予想して。ふたりで確認したの、何日分も。そしたら』

いじめてるのが映ってたの？　Tちゃんが他の子たちを。

『映ってなかったのよ』

なんだ良かったあ。じゃあ、いじめじゃなかったんだ。てっきり……。

『お昼寝って整列して、いつも同じ子のとなりとかで寝るワケじゃないの。遊んだり寝つきが悪かったり、いろんな子がいるからいつもバラバラの並びなの。つまり、映ってなかったっていうのは、いじめてるところが映ってなかったじゃなくて、カメラの死角になってTちゃんが映ってない日があった。つまり、カメラの死角になっているときにTちゃん、横で寝ている子になにかをしてるみたいだった』

どういうこと？　四歳児がカメラの死角をちゃんと考えてたってこと？

『そういうことになるわね』

そんなことある？　違うんじゃないの？

『私もそう思った。でも一緒にビデオカメラ映像を見ていた男性保育士、記憶力がいい人で、死角になってるとき横で寝ているのは次の日、登園拒否した子のはずだって覚えていて。

だから枕のそばにレコーダーを仕掛けたの、その男性保育士。

どうせビデオカメラは音声が入ってないし、これなら確認できるでしょうって』

録音したのね、Tちゃんがいじめてる音声を。録れてたの？

『録れていたんだけど……Tちゃん、四歳でしょ。ちょっと信じられなくて』

なにが録れていたの？

『あれは、絶対女の人の声だと思う。それも大人の女』

大人の女？

『死ねよ、早く死ね。お前、間違えてできた子ども、バカ。死ね。死ね。死ね』

なに、それ……ちょっと、気持ち悪いんだけど。

『私も気持ち悪くなった。それを聞いたとき、嘔吐したもの。

男子保育士も、なんだこれ、って真っ青になってた。

だって、そんなことをずっと繰りかえし繰りかえし、つぶやいてるんだもん。

となりに寝ている子にむかって。多分、耳元で。

とても四歳児とは思えない声だった。

それどころか、いままでこんな発想する子なんて会ったことない。そもそも言語の能力が変なの。四歳児なんて最近しゃべれるようになった年齢なのよ。

登園拒否している子たちは、耳元で自分に言われたことの意味、わかってなかったと思う。だからイヤだとしか言えなかった。親に説明ができなかったのよ』

それで……どうしたの？

『ちょっと前例のないことだったから、男性保育士とふたりで考えた。

それでTちゃんのお母さんにだけ相談することにしたの。問題を大きくしたくないから他の保育士たちには内緒。Tちゃんのお母さんに時間を空けてもらって』

Tちゃんのお母さんはどんな人？

『これと言って特徴はないけど黒髪で無表情なかたよ。Tちゃんにそっくりだった。でも私が怖がっていたから、男性保育士だけがお母さんと話をしたの。その日が来て、お母さんとの相談が終わって。帰っていった。どうでしたかって彼に訊いたら、首を傾けて。なんて言ったらいいのか、わかりません。でも、とりあえず謝っていましたって、ちょっと要領を得ない感じで』

謝っていた？　どういうこと？

『テープ流して聞かせてから、話をしようとしたらしいのね。そしたら』

Tちゃんのお母さんはなんて言ってたの？

『録音なんかしてたんですね。それ、あの子じゃなくて。私が言ったんです。あの子の体で。だから、この声だったでしょ。すみませんでした。これで失礼します』

うちの母親、そこまで話すと眉間にシワよせて黙っちゃって。

立ちあがって『飲みすぎたからもう寝るね』って居間をでていったんです。

私が『ちょっと待って、Tちゃんはそれからどうなったの？』って訊いたら。

『知らない。それから園に来なくなったの。だから、わからない』

そう言って母親は寝室にいってしまいました。

私もなにか、こころに黒いものが渦巻くのを感じて。その夜はなかなか眠れませんでした。そんなことも世のなかあるんですね。邪悪というか、なんというか」

「偶然の罪」

「オレも妻も実家暮らしだったので、引っ越しのときはラクでしたね。新居でちょっとずつ家具をそろえて。長女が一歳になるころにはバッチリ生活できるようになっていました。庭もあるから大きめのプールとか買っちゃったりして。仕事も順調だし会社も売上があがっていたみたいで、プチ景気が良くて。

長女が五歳になるころだったかな、休みの日にバーベキューしたんです。ご近所とか長女の幼稚園の友だち、そのお父さんやお母さんとかも呼んで。肉焼けたぞーとか、ビールおかわりいりますかーとか、言いながら。楽しくワイワイやってた。

たまたまなんですけど、妻のお義母さんが来たんです。

お義母さん『あら、おまつり中に来ちゃったみたい』なんて言って。長女も『お祖母ちゃん！』ってテンションあがっちゃって。オレも『よかったらお義母さんも食べてくださいよ』とか言ったけど土産にケーキ持ってきてくれてたもんだから、それを切りに妻と家に入っていったんです。

子どもたちはもう大喜びしてました、ケーキだ！　みたいな。

しばらくして紙皿に並べたケーキ、まあ、子どもたちの数が多いからあんな小さめに切るしかなかったんだろうけど、お盆にのせて庭にもどってきたんです。お義母さんもお酒が好きだから、缶のサワーを渡して、また盛りあがっていたんです。

酔っぱらいながら、子どもたちと遊んで。暗くなってきたんで、そろそろお開きにしようってなって。みんな満足気に帰っていきました。ちょっと無理したかもしれないけど、ローン組んで家買ってよかったなあって思いました。それなのに。

『ふわあ……寝てた。ちょっと、お酒まわってたみたい。片付け、任せてゴメンな』

『ううん、だいじょうぶ。近所の人たちが手伝ってくれたから助かった』

『お義母さん帰っちゃった？　もしかしてお義母さんも片付け手伝ってくれたの？』

『ケーキ子どもたちに渡したあと、ちょっとして帰ったよ』

『そうなの？　気づかなかった。ケーキ、みんな喜んでたな』

『うん。でも、なんかようすが変だった。お母さんの』

『え？　なんで？』

『急に帰るとか言いだして。なんか変だったの』

『ヤベ、オレ酔っぱらって、なんか失礼なことしちゃったかな。怒ってた？』

『うーん、違うと思うけど』

『変ってどんな風に変だったの』

『このキッチンでね、私が包丁持ってケーキ切りながらね、もっと小さく切らないと、とか言ってたのね、お母さん』

『ケーキ小さかったな。誰もそんなこと気にしてなかったけど』

『それでね、お母さん、そこ、リビングに飾ってる玩具とか幼稚園であの子が作ってきたお花とか塗り絵とか見てたのね、上手に作ったわね、とかいいながら』

『ちょっと飾りすぎだよな。あの子なんでも飾るから。まあ、女の子らしいけど』

『友だちからもらった物もあるんだよって、説明しながらケーキ切り終わったの』

『うん、それで？』

『庭もどって、ケーキを子どもたちに渡して。あなた、お母さんに缶のお酒を渡したでしょ』

『アレがよくなかった？　いつも梅酒飲んでるの知ってるけど、なかったから』

『違うの。それはいいんだけど、他の親たちが、乾杯がてらに挨拶によってきて』

『ああ、みんな集まってたな。それで？』

『そこでなんかようすがおかしくなって。いきなり家にまた入っていったのよ』

『え？　どういうこと？　親の誰かになんかイヤなこと言われたのかな』

『ほら、お母さんって誰のことでも良いほうに考えるから、イヤなこと言われたとしても気づかないと思う。どうも、そうじゃないみたいなの』

『じゃあなんだよ』

『私、お母さんの顔色変わるの、見てたから。気になってお母さん追いかけて家に入ったの。どうしたの、なんかあった？　って。そしたらお母さん、そこの飾ってるやつ、ほら、そのなかに折り紙あるでしょ。それを手にとって、じっと見て』

『折り紙？　ああ、あるな。友だちから、もらった折り紙』

『どうしたの？　って訊いても、なんにも言わず、リビングのガラス戸から庭を見てた。そのあとすぐに、私帰るって言って。そのまま帰っていったの』

『なんだろ？　なんか気になるな』
『そうなのよ。あんなお母さん珍しかった。なんだったたんだろう』
『お義母さんって、むかし保育士だったたんだよな』
『うん、私が高校卒業するまでやってたよ。確かこの近くにあった幼稚園のはず』
『もしかして、知りあいでもいたのかな？』
『まさか。親たちはみんな若いし。年代が違うからそれはないと思うけど……ん？』
『どうした？』
『なんか……なんかあったような、折り紙の……なんだったかな。わかんない』
『なんだよ、そりゃ。お義母さんが見てたのって、この折り紙？　やっこさん？』
『うん、それ。そのやっこさん』
『きれいじゃん。ていねいに折れてるな。あの子もゆっくり作ればいいのに』
『あの子はそういうの、むいてないと思う。雑だから。あなたに似て』
『そうだな。ふふ……まあ、なんだ、お義母さんは明日にでも電話してみたら？』
そのあとオレ、風呂に入ってなかったから風呂入って。

いつの間にか指が切れて、血が垂れているのに気づいたんです。

（あれ、いつ切ったんだろ。さっき折り紙を見ていたときは、だいじょうぶだったのに。っていうか、もしかして……折り紙で切れたのか？　ダサいな、オレ）

深く切ってたみたいで、黒い血がぽたぽた風呂場のタイルに落ちてました。

（止まるだろ、すぐ。こんな傷）

そう思っていましたが結局、止まらなかったんです。出血が」

「告白の罪」

「お母さん。ちょうど私も電話しようと思っていたの。昨日、ケーキありがとう」

「まさかバーベキューしてるって思わなかったから。お邪魔しちゃったわね」

「いいのいいの。だいじょうぶ？　帰るとき急だったし、なんか顔色悪かったよ」

「みんな楽しそうだったから邪魔しちゃ悪いと思って。今日、旦那さんは？」

「仕事いく前に病院よっていくって。なんか知らないけど指が切れて血がすごかったの。昨夜切ったらしいんだけど、布団が血だらけ。そんなに深い傷じゃないのに」

「大変。気をつけなきゃ。あのね、昨日来てた人たちって、みんなご近所さん？」

「昨日来てた人たち？　ご近所さんと幼稚園の友だちの親とかよ。ご近所さんで子どもも幼稚園が同じって人もいたけど。あ、昨夜もそんな話してたんだ。もしかして知っている人とかいたの？」

「あんた、覚えてる？　ずいぶん前に話した子のこと」

「話した子？　どの子？」

「私が幼稚園の先生してたときの話。お昼寝の時間の話よ。ほら」

「ああ、覚えてるよ。なんか意地悪を言う子だっけ？　寝ているお友だちの耳元で」

「そう、その子。いたの」

「いたって？　どこにいたの？」

「昨日のバーベキューよ。何人かが私と乾杯をしにきたでしょ。そのうしろにいたのよ。Tちゃんのお母さんが」

「ああ、そうそう、Tちゃんって名前……え？　いた？」

「いたのよ、昨日。私、もうびっくりしちゃって」

「いたって、違うと思うよ。だって年齢があわないじゃない」

「間違いない、絶対にTちゃんのお母さんだった」

「そんなことないでしょ。だって、確かそのTちゃんって四歳だったんでしょ？　Tちゃんのお母さんがいまも幼稚園の子どもがいるっておかしいじゃないの」

「でも、間違いないよ。いたんだよ、Tちゃんのお母さんが」

「Tちゃんのお母さんじゃなくて、Tちゃん本人だったらわかるけど」

「本人？　どういうこと？」

「本人よ。成長してお母さんと似てるとか。どの人だろ。見た目はどんな？」

「まったく同じだったよ。黒髪で大きな目、服は黒いワンピースみたいなの」

「……え？」

「その人の子どもが、飾っていた折り紙をあんたの娘にあげたんじゃないの？」

「いや……そう、だけど」

「折り紙の折りかたが同じなんだよ。わたしね、ケーキあげたときにその子……」

「あのね、お母さん。その人、Tちゃんのお母さんのほうね、いや、Tちゃんのでもいいんだけど。苗字はなんだったか覚えてる？」

「苗字。確か……Fだったと思うけど」

「いま……そのFさんいる」

「なんだって？」

「いま、リビングにいるの。ソファーに座ってる。昨日の御礼を言いに」

「いまその家にいるのかい？　Fさんが？」

「娘さんとうちの子、幼稚園が一緒だから。バスで見送ったあと、よってくれて」

「ちょっと、あんた、だいじょうぶなの？」

「いま廊下から電話してるけど、リビングに……え？　きゃああッ」

「過去の罪」

「リビングにいたはずのFさんが、すぐ横に立っていたんです。

びっくりしたって悲鳴をあげたことを誤魔化して。お母さんにまたかけるって言って電話を切って。私、混乱しながら母親の話を思いだしていました。幼稚園でお昼寝の時間にとなりの子どもに死ね、死ねってつぶやいていた女の子の話を。

え？　FさんがTちゃんの大人になった姿かと思ったかって？

違うんです。Fさんの子どもの名前、Tなんです。

娘の友だちの名前なので間違いありません。だから混乱したんです。

つまり、いま目の前にいるこの人は、うちの母親の言う通り、Tちゃんのお母さんってことになります。でも、それにしては辻褄があいません。容姿が若すぎるし、Tちゃんも歳をとっていないということになります。そんなことあるワケない。だから私、もう直球で、ストレートに聞いたんです。

『うちの母親が昨日来てたんだけど、あなたのこと知ってるって言うの』

『私は知らない』

『幼稚園の先生だったのよ、うちの母親』

訊きながら、頭のなかで整理していました。いったいどういうことなのか。

『へえ。そうなんだ』

Fさんは淡々としたようすで、表情ひとつ変えずに答えていました。

『母親が面倒をみていた園児も、あなたの娘と同じ名前だったって言うの』

『……なるほど。だいたいわかった。私の名前もTなの』

『え？　Tちゃんと同じ名前ってこと？』

『そう。私の家は同じ名前をつけるの。といっても、漢字は違うけど』

『じゃあ、あなたはTちゃんのお母さんじゃなくて、Tちゃん本人っていうこと？』

私はこれ以上話がややこしくならないよう全部、話しました。

母親から聞いたお昼寝の話も。折り紙と顔で母親が気づいたこと。そして妙な偶然が重なってしまい、なんだか怖い話のようになってしまったことを。彼女はそれを黙って聞いていました。そして静かに泣きながら、自分のことを話したんです。

Fさんのお母さんは宗教にのめりこんでいたらしく、変な人だったこと。父親はいなかったので、ずっとお母さんとふたりで暮らしていたこと。他の子どもから『悪いもの』が感染らないように、寝ている子どもの耳元で呪いの言葉を言うようにお母さんに指示されていたこと。そんなお母さんが堪らなくイヤだったけど、逃げることもできず、変なことを教えられ続けたこと。学生のとき、お母さんが病死したのをきっかけに自由になったけど教育が身に染みついており、どうしても自分を変えられず苦しんだこと。いまの旦那と会ってからやっと幸せになったこと。

涙を拭きながら私にそう話してくれました。

Fさんは怖い人ではなく、大変な苦労をした可哀そうな人だったんです。

『過去のこと、旦那には話してないの。話せない。それともし、もしも私のことが怖くなかったら、これからもずっと友だちでいて欲しいの。お願い、します』

私はFさんを抱きしめて、彼女を慰めました。

夜になって子どもが寝静まったあと、私は母親に電話をしました。

Fさんの事情を話して母親の誤解を解いておきたかったのです。
『ってことだから、お母さんの思い違いだったのよ』
『そうね……私、怖くなって勘違いしたのかもしれないね。変な風に考えて』
『そうだよ、勘違い。人間じゃないみたいに思うのも無理はないけど』
『ひとつ訊くけど、どうしてその娘のTちゃんは私に、あんなこと言ったの？』
『Tちゃんとしゃべったの？　ケーキあげるとき？　なんて言ってたの？』
『せんせい、ひさしぶりいい、って』
泣きながら話してくれたFさんの身の上話。すべて嘘だったんです」

「呪の罪」

「Fさんも、その娘のTちゃんも、翌日から姿を消しました。

住んでいたアパート、そこにようすを見にいった人の話だと、鍵が開けっ放しで無人だったそうで。なにもない、せまい部屋だったけど、かなり大きな洋風の仏壇みたいなの？　祭壇っていうんですかね。それだけが置かれてあったとか。

結局、Fさんは何者だったのかわからないんです。

ただ、幼稚園側の話によると、父親はいなくてシングルマザーだったみたいで。

なぜ嘘をついたのか、いったいなにがしたいのか、まったくわからないんです。

ただ、すごく気になるし、真実を知りたいみたいな気持ちはあるんですが、やっぱり怖くて調べることができない。

もし、なにかこの話につながるような情報があったら教えて欲しいんです。

なんとなくですが、あのふたり、いまもどこかの街で身をひそめながら、私たちには理解できないなにかをしているような気がしてならないんですよ。

それと、もうひとつあるんです。続きというか、結果というか。

私の夫、指を切断したんです。

なぜか血が止まらなくて、傷を縫ったんですけど感染症みたいなのになって。

紙で指を切ったくらいで、なんでそんなことになるんだって不思議に思って。

やっこさん、あの折り紙ですね、調べたんですよ。慎重に折り紙を開いて」

しね
しね
しね
しね
しね
しね
しね
しね
しね
しね
しね
しね

「鈴の罪」

「母さんずっと寝たきりだったたし。耳にこびりついてるんだよ。いいから寝ろよ」

「でももう二年よ。二年も経ってるのに聞こえるなんて、そんなことある？」

「甲高い音だろ？　鈴って。思いだしやすいしさ。夢だよ、きっと」

「でもホントに聞こえるの。夜中に私を呼ぶ鈴の音が。あ、お母さんまたトイレだって、勝手に体が動いて部屋いっちゃうの。あそこには、もう仏壇しかないのに」

「案外、ひとりで留守番させて、旅行にいったのを恨んでたりして……え？」

「またいまも鈴の音、聞こえた。もう耳がおかしくなっちゃってるのね、きっと」

「いま……おれも聞こえた。鈴。この音って母さんの……あれ、どこいくんだ？」

「お母さん、トイレみたいだから、ちょっといってくるうう」

「青い罪」

「小学校四年生のころ、ぼくの教室で窃盗が起こっていたんです。それも何日かに一度。かなり頻繁。たいていは誰かのシャーペンがなくなった、野球帽がなくなった、自慢するために持ってきていたシールがなくなった、みたいな。私物で小さな物ばかり紛失するんですが、その犯人、全部ぼくなんです。別に欲しかったワケじゃない。盗ってすぐ、どこかに捨てていました。騒ぎになるのが面白かったんです。今日も終礼が長引くぞ。犯人探しがはじまるぞ。ふふ、みたいな。なにがそんなに面白かったのか、困っているみんなを見て、こころのなかで笑っていました。あのころ、クラスメイトら親も担任も、みんなバカにしていましたね。テストが得意で、成績が上位ってこともあって。ずいぶん調子にのっていたんだと思います。大人もふくめて、人と仲良くするのは上手かったので、変に性格が歪んでいました。

その日。女子のペンライト付きキーホルダーみたいなのがなくなったって騒ぎになって。もちろん犯人はぼくです。体育の時間がはじまる前、いまはどうか知りませんが、その時代は女子たちが教室で着替えてから次に男子が着替える教室入れかえシステムでした。他の男子たちが着替えているとき、すばやくキーホルダーを盗んでポケットに隠しました。そして校庭の草陰に捨てたんです。

終礼時、いつものように問題になりました。泣いている女子、余計な物は持ってくるなと言ったでしょうと怒りつつも『誰か犯人を見ていませんか』と情報を集める担任。騒ぐ他のクラスメイトたち。正直、面白かったですね。

『わたし、Uくんが犯人だと思います！』

女子のひとりが立ちあがり、いきなりそんなことを言ったんです。

Uくんはぼくじゃありません。クラスでも気の弱い男子生徒の名前です。

『マジか？』『オレも思ってたんだよ』『あいつなら盗るかもな』『Uくん、最低』

みんな口々に言いたいこと、言ってました。いまのSNSみたいでしょ？

ぼくは面白くて仕方ありませんでした。だってUは関係ないですもん。犯人は、ぼくなんだから。そこから先の展開が読めてきて。Uを問い詰める、否定するUの前でなぜ彼が犯人と思うかの安い証言、本人の弁解、中立を保つ態度を保ったままUを疑う担任。さあ、盛りあがるぞと、ぼくはウキウキしていました。ところが。

散々みんなに罵詈雑言を浴びせられたUは『ぼくじゃない』と泣いて、まあ、そこまでは面白かったんですけど。担任がUに持ち物を全部、机にだすように指示したんです。Uの家は貧乏って理由もあったんですかね、あきらかに担任までUのことを疑ってた。それがぼくにとって意外だったんです。予想と、まるで違う。

みんなに囲まれたUは泣きながら、ゆっくりとカバンの物をだしていきました。端が折れたノート、錆びたカンペンケースのなかの短くなった鉛筆や小さくなった消しゴム、きんちゃく袋のなかの食パン。ひとつひとつ物を並べていく、その手がガタガタ震えてる。目からこぼれた涙の量が、いまどれだけの屈辱を味わっているのか示してる。それがね、意外にちっとも面白くなかったんです、ぼく。

動悸が激しくなり、汗がふきでて、胸のなかでなにかが熱くなるんです。

『なんでUが犯人って決めつけるんだよッ、アタマおかしいんじゃねえのかッ』

怒鳴っちゃったんです、なぜか。

実際、おかしいのは絶対ぼくのほうですよね。だって犯人ですもん。

『やるなら全員の持ち物を調べろよッ、恥ずかしくねえのかッ、お前教師だろッ』

教室のなか、しんッとしちゃって。

すぐに担任はそのつもりだったとか必死に言い訳して。全員に持ち物を机のうえにだすよう指示していました。キーホルダー盗られた子まで持ち物並べだして、ちょっと笑いそうになりました。まあ、それはどうでもいいですけど。

結果というか、当然キーホルダーはでてきませんでした。

そりゃそうですよね、校庭の草陰に捨てたんで。

結局、犯人わからずじまい。自分の持ち物は自分で管理すること、余計な物を学校に持ってこないこと、いつも通りの結論で終礼は終わりました。

なんであんなに怒鳴ったのか。みんなが困っているのを見たかったのは間違いない。でも、弱い者いじめをしているのは許せない。やっぱり、自分でもよくわかりませんね。Uくんとは仲が良かったワケじゃないし。もしかしたら個人と集団を別で考えていたのかも。集団は個人の集まりなのに。バカだったんでしょう、きっと。

その終礼の帰り道、歩いてたらUくんを見かけました。

頬にまだ涙の跡つけてションボリしてましたね。さすがに申し訳ないという気持ちはありました。いや、それより思い通りにならなかったことがイヤだったのかも。ため息つきながら歩いてたら、Uくんがぼくに気づいて近寄ってきました。あんな出来事のあとで、いったいなに言ってくるんだろうと思ったら『あのさ、今日さ、北斗の拳だよ。観てる？』だったので、もう、どうしようもないですよね。

翌日になって、また放課後の帰り道。

昨日Uくんに話しかけられたところで、彼が待ってたんです。アニメの話すると思ったら『聞きたいことあるんだけど』って真剣な表情。なに？　って訊いたら。

『あのね、キーホルダーね、盗ったの、もしかしてキミ？』

ドキっとしましたね。

一瞬で盗むところ、草陰に捨てるところ見られたか？　って必死に思い返しました。盗むときはまわりをちゃんと確認したし、捨てるときもうしろに誰もいないかチェックもちゃんとした。動揺を隠しながら『は？　なんで？』って訊いたら。

『昨日、うちのお父さんが言ってたの。キミのこと。盗ったのはあいつだって。でも、ほんとうはいい子だから許してやれって。ほんとうなの？　盗ってないよね？』

『酷いよ。お前を助けてやったのに。そんなこと言うなんて。ワケわかんねえよ』

『でも、お父さんが言ってたから』

『なんでお前の父ちゃん、そんなことわかるんだよ。超能力者か？』

『違うけど、言ってたから。でも嬉しかった。オレん家、貧乏だからみんなに嫌われてるけど、オレ、絶対に人の物盗ったりしないし、でも、キミが、ホントは』

『もういいよ。じゃあ、勝手に盗ったと思っとけばいいじゃん。お前なんか知らね』

なんか変に怖くなって、Uくんをその場において早足で進みました。

『ねえ！』

うしろから叫ばれて『もう、なんだよッ』って振り返りました。

『助けてくれて、ありがとう』

泣きながら笑っていたんですよ、Uくん。

もう、耐えられなくなって。

走って。思いっきり走って。家に帰らず、そのまま誰もいない河川敷にいって。

立ちつくして息切らせていたら、いきなり涙がでてきて。

感情ぐっちゃぐちゃになっていて。

胸が締めつけられて我慢できないんです。幼稚園児みたいに大声で泣きました。

人を見下していたけど、いちばんのバカは自分だったんです。

酷いことをすればどんな心境になるのか想像できない自分。

自分のせいで傷つく人を目の前にしなきゃ、現実がわからない。あげくの果てにそんな資格ないのに、感謝までされて。こころが痛くて引き千切れそうになった。

それ以降、もう盗みはしなくなりました。

それに、ほんの少しだけど自分を知ったんです。

ほんとうの惨めさを理解したんでしょう、人にも優しくなれました。


それから何十年も経って。

地元にもどったとき偶然、Uくんと再会しました。あれから結局、中学を卒業するまでロクに話もしませんでしたから、そのまま疎遠になっていたんですが。

彼は小さな会社をおこして頑張っていましたね。

ふたりで飲みにいって。むかしの話をするうちに当然、窃盗騒動の話にもなる。

いまさらですが正直に話して謝りました。

Uくんは『知ってたよ』と笑って許してくれました。

『ホントは見てたんだろ？　オレがキーホルダーを盗ったのを』

『いや、違うよ。言っただろ。親父から聞いたって』

『もういいって。親父さんが学校でのこと、知ってるワケないだろ』

『うちの親父、オレが小学校に入る前に病気で死んだんだ』

『え？　どういうことだ？』

『あのころ、母さんは夜中に働いてオレを育ててくれた。だから夜は家でひとりぼっちで寝てた。でも、ときどき仏壇から親父が話しかけてくれたんだよ。なにかある度、オレを慰めてくれてた』

いきなりそんなことを言うもんだから、言葉失っちゃって。

『ウソじゃない。オレは死んだ親父に何度も元気づけられた』

『幽霊ってことか？』

『声だけだった。いつも声だけ。でも、いつの間にかそれもなくなったよ』

『ほんとうか、その話』

『ほんとうだよ。お前にありがとうを言った日の夜も、偉かったなって褒めてくれたよ。そういえば、そのとき親父言ってた。あの子はひとり、川で泣いていた。きっとこれから優しい男になる。お前もあの子に負けず、人に優しくなれって』

どうやら、世のなかに不思議はあるみたいですね。

Uくんとはいまも連絡をとりあって、年に一度くらい飲みにいってます」

右の頬を叩かれたら、左の頬も差しだしなさい。
そして「ありがとうございます」と御礼を言いなさい。私は笑いたいのです。

「暴力の罪」

「若いころ私、ケンカで人に大怪我させたことあるんです。もう何十年も前ですよ。睨んだだろって因縁ふっかけられて。胸ぐらつかまれてちからづくで路地裏に引っぱられていって。もちろん最初に殴ってきたのは彼です。一発目を顔面に喰らってしまって。自分の鼻が折れる音が聞こえましたからね。そこからはもうメチャクチャでした。また殴られて、こっちも殴り返して。いま思うと恥ずかしいです。多少は正当防衛みたいな要素もあったんですけど。私は鼻からの出血が凄かったんですが、やり返さないともっと怪我をするから、もう必死に殴り返していました。それまでケンカなんか一度もしたことなかったんですよ。ラッキーパンチですね。偶然、相手の目にグチャッてあたってしまって。その片目、眼球に傷をつけてしまった。

まぶたにも傷跡が残って。片方の目、視力ほとんど失っちゃったらしいんです。

不可抗力とはいえ、申しわけないことをしたと思っています。

でもやっぱり、その彼しか心当たりがないんです。

数年前、枕元に影が立った気配で目が覚めたんですよ。

スーツ姿の中年男性が枕元に立っていました。

『すみませんでした』

深々と頭を下げて、ゆっくりと消えていきました。

その顔、まぶたに傷跡があったんです。

彼、亡くなったんですかね。

この十数年、どんな人生を歩んだんでしょうか。もしかして自分が殴った人たち全員に謝りにいっているんでしょうか。もしそうなら……少し切ないですよね」

「密室の罪」

「まだ中学生の男の子、万引きの常習犯を捕まえたんですよ、店長が。親と学校にだけは内緒にしてください、お願いします。泣きながら謝っていましたけど店長は『ふざけるな、許すワケねえだろッ。損害こうむってるんだぞ』って。殴る蹴るでみるみる間に、その子顔面がボールみたいに腫れあがっていきました。一応、ぼくは止めたんですよ。やめてください、警察に引き渡しましょうって。店長もわかっていたんでしょうね、警察や親を呼んでも、いままでの損害がなくなるわけじゃないし。いや、弁済してくれる人もいるんですよ。親とか本人とか。でもそれは運だから、必ずマイナスが返ってくるワケじゃない。

盗んだものは総菜やお菓子、食べものばっかりでした。貧乏だったんでしょう。泣きながらごめんなさい、ごめんなさいって謝ってました。中学生が盗むにしては変なお菓子もありました。小さい女の子が食べるような宝石の形をした飴玉、知ってます？指輪みたいな形したやつなんですけど。もしかしたら家族に妹みたいな子がいたんじゃないかな。あ、これは、ぼくの勝手な予想ですけど。

店長は『こんなもんまでパクりやがってッ。男のクセに恥ずかしくないのかッ。○○か、てめえはッ』って、ひどい差別用語を使って怒鳴っていましたね。

店長そのあと『思い知らせてやる、もう二度とこんなことしないように。こっち来い』って、その男の子を店の倉庫に連れていきました。いえ、ぼくは倉庫――その密室でなにがあったのか知りません。あっちにいってろって、言われましたから。

しばらくしたら店長がもどってきて。あの子どうしたんですかって訊いたら『ああ、帰したよ、もう来ねえんじゃねえの、あんな目にあってまた来たらアイツ、ただのヘンタイだよ』とか言ってケラケラ笑ってました。この人なにしたんだろって気持ち悪かったんですけど、店長の言う通り中学生は二度と来ませんでした。

それから数日して、店長のようすが変になってきたんですよ。

仕事中、まわりキョロキョロみたり、いきなり振り返ったりして。どうしたんですかって訊いても無言。ってか、ぼくの声が聞こえてないみたいな感じでした。連勤だったんで、疲れてるのかなって思ってたんですけどある日、ぼくが商品を棚に並べているとき、走ってこっちにやってきて。やたら汗かいて『バ、バアさん、見なかったか？』とか訊いてくるんです。お客に年寄りも多いものですから、どのバアさんです？　お客さん？　って返したら大声で言うんです。つばを飛ばしながら。

『んなワケねえだろ、馬鹿ッ。客じゃあねえよッ。バアさんだよ、バアさん』

いきなりバアさんとか言われても、ぜんぜんわかんないし。バアさんって誰ですか？ってまた返したら『キミコに決まってんだろ』って強い口調で言うんです。

『うちのお祖母ちゃんのことだよッ。最近よく来てんだろうが。死んだお祖母ちゃん、キミコだよッ。オレのこと怒りにきてんだよッ。もうッ、わかれよ、お前ッ』

店長、意味わかんないこと言って目がいっちゃってるんです。だいじょうぶですか、しっかりしてくださいって言ったら、はッとした表情になって下をむいて。

『あ、違うわ、悪かったよ』

正気にもどったと思って、安心したんですよ。そしたら店長小さな声で言うんです。

『……裏で』って。え、なんですかって訊いたら、なんかブツブツ言いだして。

『……いやさ、違うんだよ。校舎の裏でのこと、すっかり親にバレたことあってさ。ごまかそうといろいろウソ並べてたら、いきなり祖母ちゃんが部屋に入ってきてさ、オレがまた悪さしたら私が責任とるからって助けてくれたんだけど結局、何度も同じことをくり返して祖母ちゃん痩せていって病気になっちゃって死んだから悪いとは思ってるんだけど何年か前また捕まったとき祖母ちゃんが枕元でてきてもう次はないからみたいなことを言ってたけど、どうもホントだったみたいでオレあの子に反省して欲しい気持ちでヤッたんだけどどうもやっぱりそれはダメだったみたい』

ぼく、怖くなってきて。しっかりしてくださいって肩揺らしたんです。

『うん、お疲れさま』

そうつぶやいて、ふらふら外にでていっちゃったんです。それっきりですね。店長、その日から行方不明になっちゃって。いま現在もどこにいるのかわからない。

それからひと月後くらいですかね、幽霊がいるってウワサが流れだしたの。

ぼくは見ていませんし、ウワサしているのはパートの人たちでした。倉庫のなかで、ぼうっと立っている人影らしくて。店長の霊って言う人もいますけど、何人かは『あれはお年寄りの女性の霊だと思う』って言ってました。
ぼくは辞めたので近づきたくもありませんけど、いまもありますよ、その店」

「肉の罪」

「けっこう前に働いていた工場の社長、酷かったですね。

五十連勤の社員が休みをくれと頼むと『なぜ、みんな休みを欲しがる?』って首をひねってました。社長自身、働き者ではあったんですけど、もう異常でしたね。

ある朝、出勤すると変な音が聞こえて。ベルトコンベアの故障かなと思って見にいったら、深夜の作業中になにかのミスで巻きこまれたんでしょう、歯車とローラーのあいだから社長が流れてくるんです。工場の端にいって、もどってきて、また端にいって。ひと晩中まわっていたらしく、ユッケみたいな肉の塊になってました。

それからですね、誰もいない工場で悲鳴が聞こえるようになったのは。

多分、死んでからも流れているんでしょう。あの人に休み、いらないんで」

「悩みの罪」

「さて、今日のカウンセリングはどんなことを話しましょうか？」

「特に大きな変化はないですけど最近、少し疲れがたまっている感じがします」

「どんな疲れですか？　身体的なものですか？　それとも、精神的なもの？」

「両方ですね。仕事と家のこと。いくつも。全部が重なっている感じです」

「忙しいのですね。具体的に、どんなことがいちばん大変だと感じます？」

「仕事です。残業が続いて、まわりの期待も高くてプレッシャーがすごいんです」

「仕事のプレッシャーを家で思いだすことはありますか？」

「ありますね。テレビ観てても、頭の隅に上司の顔が浮かんできてしまって」

「浮かんで仕事のことを思いだしてしまう、ということですね」

「本当にミスがなかったか。そんなことを考えると気が休まらないんです」

「そのプレッシャーの原因はまわりの期待に応えること、そしてミスをしないように注意することですね。ご自身ではまわりの期待にどう応えようとしていますか？」

「がんばってはいるんですけど正直、もう限界かもしれないです。いつも完璧を求められて、疲れちゃって。でも、どうしても、ちゃんとしなきゃって思う」

「完璧主義の考えを崩せないことが、自身をさらに追い詰めていると感じますか？」

「そうですね。でも、このままだと自分がどうなるか、ちゃんと仕事を続けていけるのかどうかが怖くて。少し前に家でケンカがあったんです。妻と子どもたちと」

「そのケンカは、どんなことが原因だったんでしょう？」

「イライラしてしまって。会社のストレスを家に持ちこんでしまったんだと思います。家族に当たるつもりはなかったけど、気づいたら声を荒げてしまって」

「そのケンカによって、ご家族との関係が少しギクシャクしているんですね」

「ええ、それから家ではほとんど口をきかないようになってしまって。子どもたちも、ぼくが家にいると、ちょっと緊張しているみたいなのが、わかるんです」

「その状況、ご自身ではどう感じていますか？」

「すごく辛いです。こんなハズじゃなかったのに、どうしてこうなってしまったのか。

最近、仕事が終わって家に帰るのがおっくうなんですよ、正直」

「家に帰るのがおっくう。その気持ちは、どこから来ると思いますか？」

「失敗している自分がバレたら家族にどう見られるのか。考えると怖くて」

「いま失敗という言葉がでましたが、その言葉でなにが頭に浮かんでいますか？」

「実は誰にも話していないことがあるんです。言うのが怖くて、隠してきました」

「秘密にしてきたことがあるんですね。ここでは安全です。別に無理して話さなくてもいいですが、もしも話したいと思ったら、いつでも話してください」

「……それがバレたら、会社から訴えられるかもしれない。誰にも言えなくて」

「それが今のストレスの大きな原因になっているんですね」

「誰かに話せたら少しは楽になるかもしれないけど、こんなことを言ったら迷惑がかかるし。いったいどうすればいいのか。眠れないし、食欲もない。怖いんです」

「その秘密を抱えていることで、こころの負担が大きくなっているんですね」

「はい。でも、いつかは誰かに話さなきゃいけないとも思うんです。でも、その勇気がでなくて。自分がすべてを失ってしまうんじゃないかって。怖いんです」

「その恐怖、大きいですね。いまこの瞬間もそのことが、こころを占めていて。解放されたいと思いながらも、どうしたらいいのかわからない」

「そうなんです。いつもそのことばかり考えて。家族も自分自身も守らなきゃいけない。でも、どちらも守れる自信がないんです。もう、どうしようもなくて」

「そのジレンマが、あなたを追い詰めているんですね。あなたは自分の責任感が強く、だからこそ苦しんでいるんです。でも、いまこうして話してくれたことで、少しだけこころの重荷が軽くなったかもしれません」

「少しラクになりました。でも、怖いです。どうすればいいのか」

「その恐怖、怖さはどうすればなくなると思いますか？」

「閉めているシャッターを開けたら、怖さはなくなるような気もします」

「こころのシャッターのことですね。でも怖いからって、無理に開ける必要は……」

「違うんです。こころのシャッターではなく、会社の駐車場のシャッターです」

「駐車場のシャッター？　どういうことでしょうか？」

「会社の持っている小さなビルのひとつに、地下の駐車場があるんです。そこまでの広さはない、車一台しか停められないようなせまくて小さな駐車場。そこにマンホールがあるんです。多分、むかし使われてたものでしょう」

「出勤したらそこに車を停めているんですか？」

「ぼくは電車通勤なんでその駐車場は使っていません。使っているのは上司だけです。そこのマンホールなんですが、古いせいか、けっこう破損しているんです」

「破損しているマンホールですか。危ないですね、それは」

「その上を歩いたとき、マンホールが割れて穴に落ちたんです。自分であがることができないほど、意外に深い穴でした。もう、思いだすだけで怖くて怖くて」

「穴に落ちた経験と仕事のプレッシャーが重なって、怖いということですね」

「違います。声が聞こえるんです。幻聴だって理解はしてるんですけど、換気扇の音やエアコンの音、風が混じるような音のなかに声が混じって聞こえる気がするんです」

「それが怖いんですね。幻聴の声というのは、いったいどんな声なのですか？」

「助けを求めるような声ですね。それか、苦しんでいる唸り声みたいな声」

「まとめると、駐車場にあるマンホールの穴に落ちた経験がトラウマになっている。仕事のプレッシャーとそのトラウマが重なって、幻聴が聞こえるようになった。その駐車場にはシャッターがあって、そのシャッターを開けることができたら……」

「いいえ、駐車場のマンホールの穴に落ちたのは、ぼくじゃありません。上司です」

「あなたではなくて上司が落ちた？」

「はい。上司の車に乗って、上司と一緒に取引先にむかいました。説教されながら駐車場にもどって来て、車を降りたら、上司がマンホールの穴に落下したんです」

「駐車場で上司が落下。穴はあがることができないほど深いんですね。それで？」

「財布や鍵、スマホを入れたカバンを残して落ちました。私はしばらく考えて、上司をそのままにして駐車場をでたんです。そしてなに食わぬ顔で仕事をしていた」

「でも、誰かが駐車場に入ったら、穴から助けを求める声が聞こえますよね」

「だからシャッターをおろしたんです。その駐車場には誰も近づかないので」

「なるほど。だからシャッターをおろした。すばやくて、とても賢い選択ですね」

「はい。みんな気づいていません。上司と連絡がとれなくなったので会社は騒いでいますが実は上司、駐車場にいるんです。今日でもう五日になります」

「五日ですか。この季節の五日はなかなかですね。食料もありませんし」

「嫌いな上司がいなくなったのに、仕事が手につかないって矛盾してますよね？」

「いえ、そんなことはないと思います。行動には結果がともないますから」

「このことがバレたら私はどうなるんでしょうか。幻聴だとは思うんですが、上司の声が聞こえるようになり、それが怖いんです。どうしたらいいですかね？」

「単調の罪」

「平屋にひとりで住んでいて、ずっと毎日が同じだったんです。

朝、目覚ましの音で起きて、暗い空の下で自転車に乗り仕事にむかってました。

街はまだ眠っている時間なのに、私はもう一日のはじまりを迎える。

朝食も同じ簡単なパンとコーヒー。それさえも、ときどき味がしなくなって。

仕事がはじまると体は機械みたいに動きました。

重い荷物を運び、汗を流し、筋肉が悲鳴をあげるのを感じながら。でも、文句を言っている暇はありません。それが私の仕事であり、生きていくためにやらなければならないことだったんです。

朝の休憩、現場の仲間たちとの会話も決まりきったもの。

天気の話や昨夜のテレビ番組。以上。それくらいしか、話すことがない。

みんな疲れた顔で。見ていると自分も同じ顔なんだろうな、と思いました。ときには未来のことを考えることもあります。結婚して、子どもを産んで、幸せな家庭を持つ。そんな絵本のような、夢。でも、それもすぐ頭の片隅に追いやられました。毎日毎時間、毎分毎秒、今日を生きるだけで精一杯だったんです。

昼休み、私たちは休憩所に黙々と集まって、黙々と定食を食べました。話すこともなく、ただエネルギーを補給して、体を休めるだけの時間です。それが終われば、また同じ仕事にもどります。なぜか午後の仕事はいつも長く感じました。腕は重くなり、足は棒みたいになります。それでもやることは山積み。時間が経つのを待ちながら、ただ機械的に体を動かしました。機械なので。

夕方に、ようやく仕事が終わります。

でも解放感なんてない。

自転車で帰り、シャワーを浴びて。ブラウン管の画面を観ながら夕食をとる。それから疲れた体をベッドに投げだす。明日もまた同じ日々が繰り返されることを考えると、虚無感に包まれますが、それでも眠りに落ちるのはすぐなんです。

この毎日に意味があるのか、考えることもありました。

答えはいつも同じです。

これが私の人生。変えることはできないし、変えるちからもない。

ただ、毎日を同じように生きていくしかない。それが現実なんです。でも、そんな日々の中にも、なにか小さな喜びや達成感があるのかもしれない。それを探すために、私はまた目覚ましの音で起きる、私はずっとそう思っていました。

ふと、気配を感じて目を覚ましました。私がときどき、なぜ産んだの？　と疑問をぶつけたくなる亡くなった両親が、ふたりともベッドの脇に立っていました。

驚いて『お父さん、お母さん』と上半身を起こしました。

ふたりはこちらをむいたまま体を動かさず、うしろにさがっていきます。

私は立ちあがり『私も、連れていって』とよたよた歩きました。もうイヤだったんです。単調な生活が。繰り返す日々が。なにも変えることができない自分が。

両親は数メートルさがり玄関の前で、かき消えてしまいました。

『待って！』

私は玄関を開けて外に飛びだしましたが、まだ暗い街があるだけで誰もいません。

『お父さん、お母さん……私をおいてかないで』

泣き叫びたくなった瞬間、凄まじい揺れが起こりました。うしろで、住んでいる平屋が音を立て崩れていく。震災が家も仕事も、すべてを奪ってくれた瞬間でした。

あれから、ずいぶんときが流れました。私はいま、関東に住んでいます。

そしてかつてと同じ、繰り返しの日々のなかで私は生きています。

以前と違うのは同じ屋根の下に大切な人がいることでしょうか。

いろいろな意味で両親がいまの私を、いまの場所に運んでくれたのを実感しています。お父さん、お母さん、ありがとう」

「女難の罪」

「狐仮面Zさんは、ファン歴ってどれくらいなの？」

「彼のことを好きになって？　どれくらいだろ？　十年くらいかな」

「そうなんだ。じゃあ、彼が舞台にあがって二年くらい経ったころだね」

「ミイミイさん、よく知ってるね！　でも十一年じゃなかった？　活動歴って」

「事務所に入ってから十一年。その前に端役とかで一年くらいやってたみたい」

「へえー、そうなんだ。かっこいいよね、彼。最初見たとき、一目惚れした！」

「かっこいいよね、年齢よりも若く見えるし」

「あの顔って王道だよね！　彫りの深い顔立ちに甘い笑顔って。どんな髪型でも似合ってしまうし、どんなファッションでも完璧。ホント唯一無二だわ、存在が」

「カリスマ性あるよね、圧倒的に。人の目、奪うよね」

「七年くらい前、歌のライブもやったでしょ。歌唱力、すごかったあ。声には感情が詰まってるから、こころに響く！　聴いているこっちの胸、バクバクだったもん」

「本人は歌うの好きじゃないから、ライブしなくなったけど、上手かったよね」

「ダンスとかもできるらしいよ。運動神経も良さそうだもんね！」

「振りつけもできるって雑誌で読んだ。すごいよね、ホント」

「年齢、感じさせないよね！　彼と同じ年の一般人と大違い。なに食べたらあんなルックス維持できるんだろ。絶対カップラーメンとか食べないよ。高級料理とか食べてエステとか通いまくってるんだろうな。じゃないとありえないよね、絶対」

「あと映画。原作の漫画家の人も驚いたって、上映前の挨拶のときに言ってたよ」

「ミイミイさん、あれいったんだ！　私もいきたかったけどチケットとれなかった」

「そのとき私服だったんだけど、ファッションのセンスもいいんだよ、すごく」

「トレンド、とり入れてるけど、彼らしさがあるスタイル！　私服の写真を見るたびにセンスに感心するもん。もうファッションアイコンでもあるよね、彼って」

「トーク力もあるし多才だよね。笑うと可愛いってやっぱり大きいよ」

「でも知ってる？　案外、女癖が悪いんだって。ファンのあいだでは有名だよ」

「……え、そうなの？　狐仮面Zさんは、誰からそんなこと聞いたの？」

「みんな言ってるよ、みんな。声かけられたっていう子、もう何人もいるんだよ」

「あれだけかっこ良かったら仕方ないよね、そういうウワサがでるのも」

「ファンの子のひとりとずっと一緒に住んでるとか。毎週毎週、女をとっかえひっかえヤリまくってるとか、みんなめちゃくちゃ好きなこと言うよね、ホント」

「そういうのって酷いよね。ただの悪口だから。応援する資格ないよね」

「でもさ、ファンの子が占い師に彼のことを話したら、その占い師、彼の写真を見て『女癖が悪そう』って言ったんだって。やっぱそういうのってバレるんだよ」

「占い師が写真を見て、人の悪口を……。それってどうなの？」

「だから、わかる人にはわかるんだよ。私もね、実は霊感あるんだよね、へへ」

「霊感？　ここでいきなり霊感なの？　狐仮面Zさん」

「子どものときとかよく視えてたもん、霊。あ、スマホに心霊写真とかあるんだ、確か……あった。ほら。彼の写真、横、ここに顔みたいなのが写ってるでしょ？」

「顔……に見えなくも……ないかな。ちょっと私、わかんないや」

「これ生霊。彼に憑いてるのよ。捨てられた女の生霊的な、なんかの霊だよ」

「そ、そうなんだ。でも女癖が悪いとか、言っちゃダメだよ。なんか彼が可哀そう」

「絶対間違いないって。ウワサじゃさ、生霊多すぎて怪奇現象が起こりまくってたから、お祓いしたこともあるらしいよ。生霊って幽霊よりもタチが悪いからね」

「生霊と女癖って関係ないんじゃないかな。そもそも女癖悪いように見えないけど」

「でも私もライブのとき、話しかけられたことあるから絶対悪いって。どちらから来たんですか？　って。それ聞いたとき、女癖悪いの、本当だなって思った」

「な、なんで？　普通の会話のような気がするんだけど」

「だから霊感があるから勘がいいんだって。霊感の感は、勘が良い勘だよ」

「それもわからないけど、狐仮面Zちゃんは終電、だいじょうぶなの？」

「え？　終電？　あ、ヤッバ。いかなきゃ。タクシーで帰ったら旦那に怒られる。ミイミイちゃん。また会場であったらよろしくね。急がなきゃ、バイバーイ」

「もしもし、お疲れさま。いま？　いまファンの子としゃべってたの。

うん、うん……じゃあ私、先に帰ってる。なんか知らないけど、相変わらず変なファンの子多いみたい。好き勝手に言ってた。それに、お祓い受けたことファンの子にバレてたよ……まあ、帰ってから話すね。いいよ。私、なにか作るから。あなた、放っておいたらカップラーメンばっかり食べるでしょ。じゃあ、あとでね」

「誇張の罪」

「今日はありがとうございます。Aと申します。よろしくお願いします」

「Aさん、こちらこそよろしくお願いします。どうぞ、お座りください」

「はい、失礼します」

「Aさん、履歴書は拝見しましたが、ご経歴を簡単におうかがいできますか？」

「はい、これまで営業職を中心に経験を積んできました。外回りなどはもちろんですが、新規開拓や既存顧客のフォローアップのほうにちからを入れてきました」

「そうなんですね、ありがとうございます。営業で大切なのはコミュニケーションですが、Aさんはどんな風に人と接することが大事だと思っていますか？」

「お客様のニーズに敏感でいることに重心をおいて接しています。相手の言葉を聞くだけでなく、表情や仕草からも意図を読み取るように、こころがけております」

「素晴らしいですね。感受性が高いというか、察しがいいんでしょうね」

「そのように言って頂くと嬉しいのですが実は……ちょっと特殊かもしれませんが、むかしから霊感が強いと言われて、まわりの空気を読むことには自信があります」

「おや。霊感……ですか。それはまた、なかなか興味深いお話ですね」

「はい。少し変わった話なのかもしれませんが、初めて訪れた場所でも、その場の雰囲気や、過去に起こった出来事、目に見えないものを感じとることが多いんです」

「へえ。具体的にはどういう感じなんでしょうか?」

「例えば、失礼かもしれませんが、ここに入った瞬間になにか重い感じがしたんです。部屋が少し暗く感じるような、なにかがこの場所にいるような気配がして」

「実は何人かの社員のなかにも、残業中に同じことを言っていた者がいるんです。Aさんのように霊感の強い人が、その感覚を話してくださるのは初めてですが」

「やはりそうでしたか。ここになにか残っているものがあるのかもしれません。ですが、悪いものではないようです。ただ強い感情が残っているだけというか……」

「それを聞いて安心しました。その感受性は営業でも役立てられそうですね」

「ありがとうございます。お客さまとお話ししているときも、なにかを感じとることがありますので、それらを汲みとってその上で提案をするようにしています」

「素晴らしいスキルです。こちらではチームでの協力が重要ですが、霊感を持っているAさんなら、状況を把握し、柔軟に対応できそうですね。うちの会社では霊感がある者がいないのですが、もしいたとしたら、わかるものなのでしょうか？」

「と、いいますと？」

「もし霊感がある者同士が会ったら、相手に霊感があるとわかるものなんですか？」

「はい。それはわかると思います。といっても、この能力を持つ者はずいぶん少ないようで、いままで私も、ひとりふたりに会ったことしかありません」

「ほう、それは希少な能力なんですね。そんなかたがこの会社に来てくれるなんて頼もしいです。最後に、Aさんの霊感についてもう少し聞かせてください。この会社に入社したら、どのようにその能力を活かしていきたいと思っていますか？」

「そうですね、霊感を意識して使うことは少ないですが、直感や感覚を信じて物事を判断することは多いです。チームで働く際にもこの直感が役立つと信じています。あとは、そうですね、私がそこにいるだけで、悪いモノを退けることができますので、私がいる会社は自然と業績が伸びる傾向にあることをお伝えしておきます」

「なるほど。なんと素晴らしい。Aさんのように感受性豊かで、人の気持ちを汲みとるかたは、是非とも私たちのチームに加わって頂きたいと思います」

「ありがとうございます。もしご縁がありましたら全力で頑張りたいと思います」

「今日は本当にありがとうございました。結果は後日、お知らせします」

「こちらこそ、ありがとうございました。よろしくお願い致します」


「おう、面接どうだった？」

「ん。ああ。なんか霊感があるって言ってる若い子が来てたよ」

「マジで？　お前と一緒じゃん」

「でもありゃ、ただの友だちいない中二病って感じ。この面接室に気配を感じたまではいいけど、悪いものじゃないんだと。人事、ここで三人も自殺してるのに。べらべら、ウソばっかり……ってか、面接で霊感とか言ってんじゃねえよ、バカが」

「温もりの罪」

「ああ、こんな時間に来るなんて珍しいねえ。

深夜の二時だよ。大した客も来ないだろうと思って片付けようとしてたけど。

まあ、あんたみたいに夜遅くに食べたくなる人もいるから。

こんな寒い夜にはラーメンがいちばんだ。温かくて、ほっとする味。でも、深夜の店ってのは、ちょっと不思議な空気が流れてるだろ。なにかが起こりそうな気配を感じるよ、そんな雰囲気だ。例えば、あの男が来た夜もそうだったねえ。

あれは確か、一年前のいまごろだったかな。深夜に男がひとり、ふらっと入ってきた。冬なのに黒い半袖シャツにジーンズ、ガリガリに痩せた体、顔色悪くて、まるで幽霊みたいに青白い顔をしてやがった。おいらも何度か深夜に変な客を見たことはあったけど、あの男は特別妙な感じだったねえ。

カウンターに腰掛けたそいつは、黙ってメニューを眺めていたんだけど、注文するようすがないんだ。ずっと目がメニューの写真の一点を見ている感じさ。

おいらもなんも言わず、黙って待ってた。しばらくして、ようやく口を開いたと思ったら、こう言ったんだ。『特製ラーメンをひとつ』って。特製ラーメンなんて、うちにはないんだよ。だけど、その声があまりに重い感じがして、思わず、あいよ、って答えちまった。仕方なく、普段よりも豪華に盛りつけて、だしてやったんだ。お待ちっ、てな。でも、その男はひと口も食べずにずっとラーメンを見ていた。

お客さん、なんか問題でも？　って聞いたら、ぽつりとつぶやくんだ。

『……これが、最後』

その言葉があまりにもシビアで寂しくて、おいらなんも返せなかったよ。

結局、そいつひと口も食べずにお金だけを置いて店をでていった。ラーメンは手つかずのまま、ただ冷たくなって残されていた。おいらは不気味に感じながらも、まあ、なんかいろいろあるんだろって、それを片づけて、店を閉めたんだ。

翌日、常連の警察官が店に来たとき、あの男のことを話したんだよ。

そしたら驚いたことに、その男は二日前に凍死した若いホームレスに特徴がそっくりだっていうんだよ。そのホームレス、数年前に人を刺して指名手配中だったってんだから、寂しい話さ。逃げて逃げて、逃げまわったあげくに凍死なんて。

そんなのおめえ、寂しすぎるだろ。

悪いことしてもさ、ちゃんと罪をつぐなってやりなおしゃいいんだよ。

それをさ、寒空の下で凍えて死んじまうんだからよ。

きっと、温かいものが欲しかったに違えねえ。

それ以来、このことが頭から離れねえんだ。いろいろ考えちまう。

あの男は、誰かにすがりたかったのかもしれねえ。ラーメンという温かい食べ物はただの例えで、誰かに慰めを求めてたんじゃないかって。

でも、おいらはなんもできなかった。ただ、あの冷たくなったラーメンが男の孤独と絶望を表してるみてえでよ、いまでも思いだすとなんだか胸が苦しくなるよ。

だから、深夜に来るお客さんがいると、ふとあの男のことを思いだすんだ。

あんたも気をつけなよ。ラーメンは美味しいけど、食べるときにはなんかを忘れたいとか、こころを温めたいって気持ちが隠れていることがあるんだ。おいらの店がそんなやつらに癒しを与える場所になればいいって、いつも願ってるんだよ。

なんだい？　注文？　悪りぃ、悪りぃ、話に夢中で忘れてたぜ。なんにする？　あ？　特製ラーメン？　そんなのメニューにねえだろ。便乗してんじゃねえよ。メニューから選べ、メニューから。縁起でもねえなあ、ぐすッ」

「蓄積の罪」

「ふん、やっぱり今日も電車のなかは監視されてる。誰も気づいてないな。『この車両だって、カメラが仕込まれてるんだ。あそこ、あの広告の裏とかにだろうな。見えないけど、確かに間違いなくある。見られてる。知ってるよ。『なにも知らないやつらは幸せだよな、ほんとうに。うらやましい限りだよ』でも、やつらはどこにでもいる。この電車のなかだってそうだ。あのスーツの男、あいつも怪しい。きっとおれの行動を監視しているに違いない。おれが知りすぎたから、チャンスがあったら消そうとしてるんだろう。そうはさせないけどな。『みんな気づかないもんだな。ニュースを信じてるせいだからか？　あんなの、でっちあげなのに。政府が情報を操作してるんだ。テレビなんか見ちゃいけないよな』その通りだ。テレビは頭を洗脳するためにあるんだよ。

『だから、お前は家でも電源を入れないのか？　ああ、なるほど。電磁波か』

そうだよ。お前も気をつけたほうがいい。例の災害、あれなんかまさにそうだ。フェイクだよ。表向きは事故だとか言ってたけど、真相は違う。実験なんだ。

『実験だと？　秘密裏に行われている人間を使った実験か』

みんな知らないけど、おれは知ってるんだ。そういうのを調べるために、ネットで情報を集めてる。いや、もちろん、全部は信じちゃいけないさ。ネットも危ないから、おれは選ばれたサイトだけを見るんだよ。こういうことが重要になる。

『そういえばあのサイトを知ってるか？　政府の秘密が暴露されてるサイトだ』

なに？　隠してる秘密を手に入れて、逃げきったやつがいるってことか？

『知らないのか？　だからお前はダメなんだよ。基本中の基本は、知らないから洗脳される、ってことなんだ。合理的なこと、科学的なことに目をむけすぎなんだ』

なるほど、言われてみればそうかもしれない。感覚も大事ってことだな。

『まわりを見てみろ。こいつらは損得で動いているだろ。損になるものはシャットアウトして、利益があるものだけにしか反応を示さない。なぜだかわかるか？　放棄しているんだよ、自分で考えることを。みんながやっているからやる、みんなが正しいと言うから正しい。自分の頭で考えることはできない。なぜだかわかるか？』

なぜだ。まさかまた電磁波か？　電磁波中毒のせいで脳がやられているのか？

『ああ。いつの時代もやりかたは同じだ。でも、おれたちは違う。自分の脳で考えることができる。さっきだってお前、この車両に乗るって自分で選べただろう？』

他のやつらは洗脳のせいで、ただ空いている車両に乗りこんだにすぎない。それはそうするように洗脳された結果だ。自ら選ぶ権利を放棄しているからな。

『その通り。だがお前は違う。自らの意志で選んだ。自分の安全がかかっている乗り物で、どの車両の、どの座席に座るかを選んだ。もうそれだけでも立派なもんさ』

他の車両はなにかイヤな予感がしてな。もしかしたらアストラルのせいかもな。

『アストラル。念か。解明されているワケじゃないが、悪意に満ちたアストラルが蓄積する可能性もあり得るな。悪意の念を避けることを考えるなんて。さすがだ』

可能性は常に模索していかなければ。人類の助かる結果に……なんだ、お前は？　酔っぱらってるのかだと？　おれが酒を飲むように見えるのか？　あんな毒を」

「いやね、ちょっと苦情があってね、ずっとぶつぶつ言ってるって。みんな怖がってるからさ、ちょっとお兄さん、お巡りさんと一緒に電車、降りようか。いやね、最近ほら、ドラッグとかそういう事件、多いでしょう。ちょっとだけ検査もさせてもらいたいし。はい、はい。うん、うん。だいじょうぶだからね。さ、いこうか」

「案外、大人しく連行されましたね。はあ……あの人、怖かったなあ。そういえば……あの車両ってニュースでやってた、例の事件があった車両ですよね？　先輩」

「そう。先日もケンカ騒動あったし、先々週も変質者でた。なんでいつもあの車両ばっかりなんだろ？　悪い念でも溜まって、ヤバい人を引き寄せているのか？」

「澱みの罪」

「おい、新マスター。おかわり！　あんたんとこ、いつも酒がうすいんだよ」

「金払ってんだから、ちゃんと作って飲ませてやれよ！」

「おかわり、まだ？」

「なんでもお見通しなんだよ。お前、バレてないって思ってるだろ」

「お前、酔っぱらってるだろ。また勝手に呑んで勝手に伝票つけてやがんな？」

「おーい、さっさとビール持ってこいよ。あんた、忘れてんだろ」

「最近、この店、マジでつまらなくなったよな。前はもっとにぎやかだったのに」

「ちょっとトイレいくのに、あいつ邪魔」

「そうだよな。客も減ったしさ。やっぱり店のせいだろ、新マスター？」

「最近、お酒飲む人減ったよなあ」

「努力してる？　てめえの努力なんて見えないけどな」

「なあ、そこの女の子、お前もおかわり飲めよ。なに水ばっかり飲んでるんだよ」

「新マスター！　ここ、片付けろよ！　いつまで放置してんだよ」

「私もう気持ち悪いからいらなーい」

「あ、ゴキブリがいる！」

「だからさ、あのアニメだけは絶対に劇場いったほうがいいって」

「ここ、なんかテーブル、ベタベタしてんぞ！」

「じゃあさっさと帰れよ。お前、いったい何時間座ってんだよ、ブス」

「おい、みんなで乾杯しようぜ！」

「前のマスターって、おれたちのこと嫌がってるように見えたんだよなあ」

「しかし、最近このへんも物騒になってきたよな。変な奴がうろついてるし」

「はあ、あいつ地元からこっちに帰って来ねえかなあ」

「カンパーイ、イエーイ！」

「この前も店の前で喧嘩あってさ。あんた、そういうのちゃんと管理しろよな」

「なにこれ？　頼んだ酒と違うじゃん」

「最近、治安悪いよ。もうみんなピリピリしてる。どうしたんかね？　いったい」

「店の外もだけど、店のなかももう少しなんとかしろよ」

「言い訳多すぎ。なんで全部人のせいなの？　お前が悪いんだろ」

「あの隅っこで立ってる人、なにしてるワケ？　寝てるの？　立ち寝？」

「明日、仕事休もうかなあ」

「おい。さっきからそこ、うるせえんだけど。静かにしてくんね？」

「これ、ハメ撮りしたやつ、見て見て」

「もっと強く言えよ。お前上司だろ。社員の管理が甘すぎるんだよ、バカ」

「このマスターより前のマスターのほうが良かったなあ。こいつ仕事できねえ」

「お前、馴れ馴れしく触るなよな、さっきからさあ」

「あれ？　やべ、現金なかったわ、どうしよ。このまま外でて逃げようぜ」

「そう言われても、辞められたら困るし、どうしようもねえよ」

「かわいい！　これ飼っている猫？　超かわいい！　私も猫飼いたいなー」

「改善って、具体的に何するんだ？　言ってみろよ」

「おかわり持って来いって」

「新マスター、汚ねえよ。余った酒、ボトルにもどすなよ」

「音楽、とまってるぞ、なにしてんだよ。ビールもこねえし」

「ルール？　くだらねぇ。そんなもんで会社が良くなると思ってんのか？」

「言われてるうちが華だぞ。こうして一緒に飲んでやってるんだから感謝しろ」


「それから客の民度の低い店にはいかなくなりましたね。

常連たちが好き勝手言っているなか、お酒のせいなんですかね、ほとんどの人が気づいてないいんです。飛び降り自殺した前のマスターが壁むいて立っているの」

「自己愛の罪」

「毎日毎日家事に追われて正直ストレスがたまってるの。夫も息子も仕事で遅くまで帰ってこないし。私の話を聞いてくれる人なんて誰もいないの。それに私だって少しぐらいストレスを発散したっていいじゃない。みんなだって同じことをやってるんだから。この前となりの奥さんが新しい車を買ったって聞いた。なんかムカつくのよね。私たちよりお金があるってアピールしてるみたいで。SNSで車自慢してるってことを書いたら同じように思ってる人がたくさんいるみたいでコメントがすごい勢いで増えていった。車のグレードとか相場とか調べてくれてあんなのたいしたことないってみんな言ってくれるの。私だけじゃなかったんだって安心したわ。そういえば近所の若い奥さんが自分の子どもが勉強してがんばったから成績が良くなったって自慢してたの。なんか嫌な感じだったから少しそのことについて書いたらみんな同じ気持ちだったみたい。がんばってるのはみんな同じでしょ。それでも結果がでない子もいるのに自分の子どもは結果でたからって鼻高々にしてるなんて許せないでしょ。そういうのを指摘してあげるのもある意味では親切だと思うのよ。いまの世のなかって人のことに無関心でしょ。ちゃんと親切にしてあげるのも歳が上の大人としての役目だと思うのよ。そういえばこのあいだユーチューブの生配信観てたら使っちゃいけない言葉を使っている人がいて許せなかったのね。こんなこともあろうかと生配信の動画を私全部録画してるからそれを切り抜いて持ってるいくつものアカウントに投稿してやったのね。そしたら燃える燃える。面白いくらいに炎上してそのなんちゃって芸能人みたいな人が謝罪コメントだしたの。そうやって謝らせないと世界って正せないと思うから絶対に私みたいな人間って必要なのね。表に立っている人間はそういう意識が必要不可欠じゃない。私たちよりもラクして生きているしお金もあるんだからこれくらい当たり前よ。誹謗中傷とか大げさなこと言う人いるけど意見言ってるだけじゃない。そうでしょ。みんなだって言いたいことを言ってるだけ。それにあの奥さんどうせ誰かに褒められたくて買ったんだろうから褒められてるだろうしちょっと文句言われても平気でしょ。むしろそれでバランスが取れるんじゃないの。私はただ自分の気持ちを言ってるだけ嘘なんて言ってないしみんなだって思ってることを代わりに代表になって言ってるだけなんだから。あの人たちが嫌な思いをするのは仕方ないことよ。自分がやったことの結果なんだから受け入れるしかないでしょ。ネットでのコメントなんて深刻に受けとるほうが変なの。だって直接顔をあわせて言ってるわけじゃないんだから問題ないでしょ。それに私のストレスが少しでも減るなら誰も損しないわ。だって私がイライラしてると家族だって居心地が悪くなるし料理の味だって落ちる。家族全体のためにこうやって少しずつストレスを発散するのは大事なことなのよ。だから私がネットで言いたいことを言うのはなにも悪いことじゃないの。みんなもやってるしそんなの当たり前でしょ？　世のなかってそういうものでしょ。誰かが得をすれば誰かが損をする。だから私はそのバランスをとってあげてるのよ。少しぐらい辛らつなことを言われたってあの人たちもきっとわかってるはず。自分がちょっと良い思いをすれば誰かがそれを見て嫌な思いをするのは当たり前なんだから。それをただ言葉にして伝えてるだけのことよ。だからこれからも私は私のままでいいのよ。SNSに書きこむことでストレスも発散できるし正直な意見を言える場所っていま時代には必要だと思うの。誹謗中傷なんて言葉で私の自由を奪わないでほしいわ。だってみんなやってることなんだから」

「誰かいるの……え？　誰もいないじゃん」

「でも聞こえたでしょ？　お経みたいに、立て続けにごにょごにょ言ってる声」

「聞こえた。やっぱり、ここ気持ち悪いな。近所の人の話だと、引きこもりのおばさんがこの部屋で、心臓マヒで死んだみたいだし。引っ越したほうがいいかも」

「なんかパソコンやスマホにむかって、ずっと笑ってたらしいよ。だから事故物件なんてイヤって言ったのよ、こんなワケわからないストレス、いらないから」

「地元の罪」

「はい、もしもし。もしもし？　え……お父さん？」

「ああ。久しぶりだな。元気にしてるか？」

「……なに？　なにか用？　わ、私、忙しいんだけど。いまから用事があるから」

「いや、その……ちょっと、お前の声が聞きたくなって」

「声が聞きたい？　それだけ？　じゃあ……急いでるから、切るね」


「もしもし？　なんなの？　急いでるって言ってるでしょ！」

「切らないで聞いてくれ。わかってる。わかってるんだ。俺は酷いことしてお前を傷つけた。いまさらなにを言っても許されないって、わかってるんだよ」

「わかってるなら電話してこないで！　私……もう関係ないって言ったよね？」

「覚えてる。でも、お前が家をでてからも、ずっと後悔している。謝りたいんだ」

「謝るってそれでなにが変わるの？　私、お母さんのことも許してないから」

「ごめん……本当にすまなかった。どうかしていたんだ」

「謝ってすむことじゃないでしょ。夜中、寝ている娘の部屋にきて、無理やりあんなこと……人間のすることじゃない。私、何度も言ったよねッ、やめてってッ」

「申しわけないことをしたと思ってる。でも、本当にどうしようもなかったんだ。悪いことがいくつも重なって、自分を見失っていたのかもしれない。それで……」

「いまもあのときのこと夢に見るのよ。なんなのよ、あれッ」

「本当にすまなかった。お前がどれだけツラかったか、やっとわかったんだ」

「お母さんも見て見ぬふりしてたッ。あんなに助けてって……叫んだのに」

「悪かった。おれが間違っていたんだ。許してくれ」

「実の父親なのよッ。実の父親が娘の寝ているときに、裸で部屋に入ってきてッ。普通じゃない変なダンス踊りまくったよッ、どういうことかわかってるのッ」

「あれしか知らなかったんだ。私の育った田舎では、ああいう風習があるんだ」

「葉っぱくわえて踊るなんて風習聞いたことないッ。それになにあの音楽ッ。なんでサンバなのッ！　お祓いって、もっと和太鼓とか日本っぽいもんでやるでしょッ」

「サンバは私が好きなだけだったんだ。音なしで踊るなんて考えられなくて」

「もういいッ、意味のわからないことばっかりッ。この人でなしッ」

「待ってくれ。もうでていって四日だ。まさか一週間も帰ってこないつもりか？」

「もう切るッ。二度とかけてこないでッ、このサンバ親父ッ！」


「ほら。怒ったでしょ、あの子。多分、エイミーの家にいるんだろうけど」

「ああ、とんでもなく怒っていた。しばらく許してくれそうもない」

「だから言ったでしょう。サンバなんてかけるから絶対許してくれませんよ」

「サンバが悪いっていうのかッ、お前はッ！」

「はい。サンバが悪いです。あと田舎って説明も悪いですよ。あの子、ほとんど日本で育ったんだから。南米の習慣なんて知ってるはずも、理解するはずもないし」

「なんてことだ。明日もあの子は帰らないってことか」

「多分、来週くらいまで許してくれませんよ。はあ……悪魔払いって面倒くさい。あなたも立派なものですね。悪魔を追いだして怪奇現象が治まったのはいいけど、娘まで追いだすなんて」
「すまない……やっぱりお前の言う通り、神父さんに頼むべきだった」
「神父さん、この罪を懺悔しにいったら間違いなく笑いますよ」

「幸運の罪」

「おにいさん、またこの小さい神社で手をあわせてるの？」

「これは祠って言うんだよ」

「ほこら？　そうなんだ」

「でも、小さい神社でもいいと思う。実際、そうだからね」

「どうしてそんなに手をあわせてるの？」

「今日もここに来られたからね。来ることができた日は必ず手をあわせるんだ」

「昨日もおとといも、毎日だよ。そんなにお願いごとがあるの？」

「お願いごとじゃないんだ。ただ感謝してるだけなんだよ。ありがとうって」

「感謝？　なんで感謝なんかするの？」

「そうだな……きみがここにいること、今日も無事に過ごせていること、そういう、なんでもない当たり前のこと、普通のことに感謝してるんだ。ありがとうって」

「へぇ……でも、それって本当に当たり前のことだよね？」

「きみは賢いな。確かにそうだね。ただの普通の毎日で、本当に当たり前のことかもしれない。でも、僕にとってはこの毎日がとても大切なんだ」

「大切？　どうして？」

「きみはまだ子どもだから、これから先にたくさんのことがある。でも、ぼくはもうそんなに若くない。だから、一日一日が貴重なんだよ」

「ふーん。でも普通の毎日とか当たり前に感謝するなんて、なんだか変」

「はは。そうかもしれない。でも、ぼくにとっては、当たり前のことじゃないんだ」

「じゃあ、なにかあったの？　なんでそんなにありがとうをするの？」

「むかしはあまり毎日を大切にしていなかったんだ。自分のことばかり考えて、まわりのことに気を配る余裕がなかった。でも、ある日、病気になっちゃって」

「病気？　だいじょうぶだったの？」

「いまはもう平気だけど、そのときに気づいたんだ。元気でいられることや、普通の、当たり前の日々がどれだけ大切かってことに」

「だから、毎日手をあわせてるの？」

「そうだよ。あのときの苦しい日々を、忘れないようにするために」

「でも、毎日そんなことしてたら、ちょっと疲れちゃうんじゃないの？」

「そう思うかもしれないけど、逆にこれがぼくのこころの支えになってるんだ。手をあわせることで、今日も感謝できる日、できた日って、わかるから」

「ふーん……おにいさん、なんか面白いね」

「そうかな？　きみも試してみたらどうだい？」

「えっ、あたし？」

「手をあわせることで普段、見逃してることに気づけるかもしれないよ」

「うーん……そんなこと考えたことないけど、ちょっとやってみようかな」

「じゃあ、どうぞ」

「こうやって手をあわせて、感謝、ありがとうって気持ちで……」

「……どう？　どんな気持ち？」

「……わかんない。でもなんか、悪くないかも」

「ははっ。ときどきやってごらん。良いことがあったとき。幸運だったなあって思ったときでもいいと思う。そのときはここに来て手をあわせるんだ」

「……」

「やあ、久しぶりだね。ぼくのこと、覚えてるかな？」

「え……もしかして、あのときのお兄さん？」

「そう、よく覚えてくれてたね。すっかり大きくなって。大人になったんだね」

「ご無沙汰しています。お久しぶりです。まだここに通っていたとは驚きました」

「ぼくは毎日ここに来てるよ。本当に懐かしいね。二十五年ぶりかな。ずいぶん服装がおしゃれだ。もしかして、この街をでていたのかい？」

「ええ。長いあいだ東京で暮らしていて。実は先日、この街に帰ってきたんです」

「立派になって。嬉しいよ。一時期、よくこのお地蔵さんの前で会っていたね。きみは学校や家で良いことがあったら、ここに来て手をあわせていた」

「ふふっ、お兄さんが教えてくれたんですよ。あのころはまだ小学生だったかな」

「今日ここに来ているということは、なにか良いことがあったのかな？」

「ええ、もちろん。お兄さんはまだ感謝しているんですか？」

「うん。ずっと感謝しているよ。いま、この瞬間も」

「そうですか。そういえばお兄さんのことを知っている人がいましたよ」

「ぼくのことを知っている人？　誰だろう」

「同級生だったみたいです。覚えてませんか？　小学校……いえ、当時は国民学校って名前でしたよね。私の祖父です」

「お祖父ちゃん？　キミの？」

「はい。私がここで、ひとりでしゃべっているのを見た人がいたんです。心配して両親にそれを伝えて。あんなところでなにをしているのか、私を問い詰めたんです。私がお兄さんのことを正直に話したら、両親だけでなく、近所の誰もお兄さんのことを知らなくて。いったい誰だって話になりました。そしたら祖父が、むかしあの祠の近くに住んでいた同級生のことを話してくれて。子どものころから病弱で、ずっと家で生活をしており、学校にも何度かしか来れなかったそうです。二十歳になる前に亡くなったというその同級生は多分、あなたのことです」

「お祖父ちゃんの名前は？」

「祖父の名前は――です。数年前に、そのお祖父ちゃんも亡くなりました」

「そうなんだね。もうみんないなくなったのかな。幸せだったのかな」

「ええ。みんな幸せな人生を送ったと思います。私も幸せになれそうです」

「そうか。良かった。じゃあ、ぼくはいくね」

「どこにいくんですか？」

「家に帰るんだ。また来ることができたら来るつもりだよ。きみに会えてよかった」

「ええ、私もです。さようなら」

「さようなら。またね」


「もしもし？　お母さん？　もう少ししたら家に帰るね。いま？　いま裏山の祠のところ。え？　お金がいる？　じゃあ、死んだ旦那《バカ》の口座から適当にだしといて。いくらでもいいわよ。腐るほどお金はあるんだから。ラッキーなことに」

「赤染めの罪」

「なあ。最近お前さ、彼女できたんだろ？」

「は？　なに言ってんだよ、そんなのいないって」

「絶対いるだろ。だって、先週見たぞ、駅前でお前が女の子と一緒に歩いてたの」

「駅前？　いや、そんなことないだろ。俺、先週はひとりで買い物いっただけだし」

「おいおい、隠すなって。髪長くて、赤いワンピース着た子だっただろ？」

「髪長くて……赤いワンピース？　そんな子知らないって」

「本当に？　だって、めちゃくちゃ仲良さそうに歩いてたぞ」

「いや、まったく身に覚えがないんだけど」

「それだけじゃないぞ。この前、カフェで女の子といたの見たって聞いたぞ」

「カフェ？　いや、いったけど完全にひとりだったし」

「絶対、お前だったたって言ってたぞ。一緒にいたの赤いワンピースの女の子って」

「いや、そんなの本当に知らないってば。どうなってんだよ」

「お前、本当に隠しごとしてないよな？　他にも、この前の夜、公園で誰かと一緒にいたのを見たって、噂になってるぞ」

「公園？　夜？　覚えてないよ。なんでそんな変な噂が立ってんだよ」

「見たって言う人がこんなに何人もいるんだぞ。みんな、口をそろえてお前が彼女と一緒だったたって言ってるんだ」

「いや、本当に彼女とかいないって」

「でも、みんな同じようなこと言ってるんだよ。赤いワンピースの女の子って」

「赤いワンピース……それって、なんだかおかしくないか？」

「なにがおかしいんだよ」

「いや、だってさ、おれはぜんぜんそんな子知らないのに、みんなが見てるって。あ、まさか……そんなわけないよな？」

「なにが言いたいんだ？」

「いや、ふと思ったんだけど、これって……幽霊とかじゃないよな？」

「幽霊？　お前なに言ってるんだよ。バカなこと……」

「そんな子、知らないし、みんなが同じ服装の女の子を見てるっていうのが、なんか不気味じゃ……待って、赤い？　確かあれは白……だったのが……出血で」

「確かに、不気味だ。おかしいな。でも、まさか幽霊なんて……」

「……とり憑かれている、とかだったら……どうしよう」

「おいおい……マジかよ」

「いや、頼むから勘弁してくれよ！　おれ怖いの無理だってッ」

「とり憑かれるようなこと、なにもしてないだろ。落ちつけって」

「なにもしてないよッ。人身事故、起こしただけだってッ、むこうの不注意ってことになったのに！」

「血の罪」

「ぼくの父は、昔から厳格で感情をあまり表にださない人でした。

仕事人間で、家のなかでも規律を重んじるタイプ。特に母に対しては、厳しい言葉をよく投げかけていましたね。酷いときには暴力を振るうこともありました。

寝ている母に足蹴りしたこともありましたね。

熱をだして寝こんでいただけなのに。

母は父の暴言を受け流すように黙々と家事をこなし、いつも笑顔を絶やさなかった。

でも、ぼくには笑顔の裏にどれだけの我慢が隠されているのか、わかっていました。

そんな父が変わったのは、母が事故で盲目になってからです。

あの日のことは、いまでも鮮明に覚えています。

事故に巻き込まれた母は、奇跡的に命は助かりましたが、視力を失ってしまった。

病院のベッドでそれを母自身から聞いたとき、ぼくはなにも言えなかった。

『あんたとお父さんのご飯、しばらく作れないかもしれない。ごめんね』

すぐ横にいる父に気づかず、父の食事の心配をする母。

ぼくはただ、となりで立ちつくす父を、じっと見つめていました。

ふたりでなんの言葉も交わさず、家に帰って。父は食事もとらず、ぼくにわからないよう、仏間に座って静かに泣いているようでした。

母に対して厳しかった父。

家事の手抜きを指摘したり、食事の味に文句を言ったり、母がちょっとでもミスをすれば、すぐに注意をしていた。そんな父が仏壇の前に座って涙を流している。その背中を見て、もちろん驚きましたが、胸が締めつけられるような思いを感じました。


母が退院してからの父は、まるで別人のようでした。

いままで家事に手をだすことなど一度もなかった父が、母の代わりに掃除や洗濯をするようになったんです。

ところが、なにひとつ上手くできないんです。

どれをどう洗濯するのかもわからず、服を縮ませたりぼろぼろにしたりする。ちから加減がわからなかったのか、目に逆らって掃除機をかけたので、畳を傷だらけにする。

料理だって、慣れない手つきで一生懸命作ろうとしているのはわかるのですが、数分に一度『痛っ！』や『熱っ！』という、聞くに堪えない声が響いてくる。

指はいつも絆創膏だらけでしたが、努力に対しての結果はともなわず、凄まじく濃い味つけと凄まじく薄い味つけの料理が日々、交互に繰り返される食卓でした。自分の作った料理が皿に横たわっているのを見た父は、必ずため息をついて『食べられる』と自分を言い聞かせ、眉間にシワをよせながら飲み込んでいましたね。

母が視力を失ってしまったことで、家のなかは一変しました。

でも、父はその変化に戸惑うことなく、母を支えようと必死だったんです。

ある夕方、ぼくはリビングで、父と母が一緒に座っているのを見かけました。母が父の手を握ると、父は優しくその手を包みこみました。母が『ありがとうございます』と小さく呟いたのを聞いて、父は恥ずかしそうに微笑んでいました。

それは、ぼくが見たことのない父の表情だったのです。

ぼくは父になにが起こったのかと思いながら、なにも言いませんでした。

母のために変わろうとする父の姿は、奇妙なことに美しくもあり、同時に切なくもありました。父は母が、どれだけの苦しみを抱えてきたのかを、初めて理解したのかもしれませんし、いままでの自分の厳しさを悔い、母につぐないたいという気持ちがあったのかもしれません。

その日、母が眠ってから父とふたりで話す機会がありました。

ぼくは思い切って父に訊きました。

どうしてそんなに優しくなったの？　と。

父はしばらく黙っていましたが、やがてゆっくりと口を開きました。

『おれはお前の母さんにずっと酷いことをしてきた。

厳しく接することで、家族を守っているつもりになっていたんだ。

おれの育った家がそうだったように。

おれの親父がそうだったように。

厳しさこそが家族を守るちからの源だと信じていたんだ。

でも、母さんが事故にあってから家のことをして、おれはなにもできない無力な自分に気づいた。視力を失った母さんの前でも無力だったのに。家でも無力だった。

だったら、家族を守るっていうのは、どういうことか改めて考えたんだ。

その答えはわからないが、せめていまは母さんの支えになりたい。

もう、これからは優しく接していきたいんだ』

それを聞いたとき、ぼくは初めて父の本当の気持ちを理解したんです。

父は、家族を守るために厳しさをつらぬいてきたけど、母が盲目になって、初めてその厳しさが必要ではないことに気づいたんです。いままで自分が母にしてきたことの重大さと愚かな自尊心に。

僕は、そんな父の変化を見ながら、家族の大切さを改めて感じました。

そして罪というものは、その気になればつぐなうことができる、ということも。

母が視力を失ったことで生まれた新たな絆は、ぼくたち家族をより強く結びつけたのだと思います。

母が鬼籍に入って一年後、父も母を追うように逝きました。
ぼくはお盆になると、リビングのテーブルにお茶をふたつ用意して戸を閉めていま
す。そっとリビングを覗くと、夕陽に照らされたふたりが座っているのだから」

喜びをわかちあい、みんなで一緒に笑いましょう。それがいちばんです。
でも泣くなら是非ひとりでお願いします。それがいちばんです。

「美徳の罪」

「さて、今日の授業は美徳シグナリングについてお話しをしましょう。

皆さんのなかに、この言葉を聞いたことがある人はいますか？　いませんか。

美徳シグナリングというのは、自分の道徳的な価値観や、他者に対する良い行いを強調して見せる行為を指します。簡単に言えば、自分がいかに良い人間であるかをアピールするために、行動や言葉を選ぶことです。

『先生、それって良いことじゃないんですか？　正しいことをしているなら、別にアピールしていいと思いますけど』

そうですね。それは確かに一理ありますね。

しかし、美徳シグナリングには注意が必要です。これは必ずしも、実際に良いことをしているかどうかとは関係がない場合があるのです。

実際には、ただ自分が他人よりも優れていると見せたいだけの場合もあります。

例えば、SNSで自分の環境意識の高さをアピールするために、街を掃除してまわっているようすや、リサイクルしているようすを投稿したり、エコバッグを使っている写真を頻繁にアップしたりする人がいます。

もちろん、それ自体は良いことですが、実際にリサイクルをしていないのに、そのような行動をアピールする場合、ただ他人に対して自分が道徳的に優れていると見せたいだけかもしれません。

『それって偽善ってことですか？』

偽善とは少し違いますが、かなり近いとは思いますね。

美徳シグナリングは、実際にその価値観を持っているかどうかよりも、それを他者に見せることに重点を置いている場合が多いんです。だから、時にはその行動が表面的で、中身がともなわないこともあります。

『でも、どうやってそれを見分けるんですか？　本当に善意からやっているのか、それともただ見せびらかしているだけなのかなんて、わからなくないですか？』

確かに、見分けるのは難しいことがありますね。しかし、その人が普段からそういう行動をしているかどうか、あるいは特定の場面でだけ急にアピールし始めたのかを観察することで、ある程度の判断はできるかもしれません。

『それって、ちょっと不公平じゃないですか？』

不公平ですか？　どうしてでしょう？

『結局、人が良いことをしても、それが本当に誠実さから来るものかどうかなんて、他人が判断するのは難しいですよね？　だったら、美徳シグナリングだって、ただの疑いかもしれないし、本当に善意からやっているだけかもしれない』

なるほど。その通りです。だからこそ、私たちは他人の行動をすぐに批判するのではなく、その意図というものを考えるべきなんです。同時に私たち自身も、自分がなんのためにその行動をしているのかを考える必要があります。

『でも結局、良い行いをすることは、やっぱり良いことなんじゃないですか？　例えそれが見せびらかしだったとしても、誰かに良い影響を与えたなら、それは価値があるんじゃないかと』

そうですね。良いことを言いますね。結果だけ見るとそう思えるかもしれません。

確かに、それが美徳シグナリングだったとしても、他人に良い影響を与えることがあります。でも、その行動が他人に圧力をかけたり、逆に反感を買ったりする場合もあるんです。誰かが自分の環境意識を強調することで、まわりの人が、自分もそうしなければならない、と感じてプレッシャーになることがあるのです。その結果、反発心が生まれたり、逆に自分を卑下することになったりすることもあります。

『じゃあ、どうすればいいんでしょうか？　善行をするのに、見せびらかしだと思われるのも嫌だし、でもそれを隠して、こそこそするのも変な感じがします』

そこが難しいのがこの問題ですね。私たちができることは、まず自分の行動が本当に他人のためになるのか、その行動は自分自身のためにしているのかを自問することです。そして、なによりも誠実であることが大切です。

『それって結局、自分のこころのなかをちゃんと見つめるってことですか？』

その通りです。美徳シグナリングが悪いとは言いません。

私たちが自分で自分の行動の背後にある動機を理解し、それに基づいて行動することが重要です。なにか良い行動をしたとき、ＳＮＳでそれを投稿してもいいんですが、ただそれが他人への圧力にならないよう、気をつける必要があります。つまり、自己満足のためではなく、他人に良い影響を与えるためにシェアすることが大切です。

『なんか……良いことするのにも、考えなきゃいけないんですね。面倒くさい』
そうですね、その通りです。実に面倒くさいですね。
でも、その考える過程こそが、私たちをより良い人間にしてくれるんです。
良い人間になれば良い霊になることができます。がんばりましょう！」

「今日もずっと講義してるな。それも先生と生徒の二役で」
「心神喪失を狙っているにしても立派なもんだ。おれたちがここにいるときに限って講義がはじまるんだから。あんなアピール、看守に聞こえるようにやったって意味ないのに。でも、さすがカルト宗教をおこそうとした霊感詐欺師。饒舌すぎる」

「ゲットの罪」

「パパ！　今日、先生にほめられたんだ！
工作の授業で作ったボクの作品が、クラスでいちばんいいって！
ナイス！
自分でもけっこう上手にできたと思うんだ！
裏山のおじさんの家にあった木の板を使ったんだけど！
それがすごくいい感じになったの！　パパもほめて！
最初はなにを作るか悩んでたけど！
歩いていたら、おじさんの家の裏に木の板がたくさん置いてあったの！
これ使えるかなって思って、こっそり持ってきたんだ！　ゲットだぜ！
ちょうどいい大きさだったし、なにか文字が書いてあったけど、絵の具でペイントして塗りつぶせばだいじょうぶかなって思って！
ナイスアイディア！
友だちの家で、カッターで形を整えたり、ヤスリで表面を滑らかにしたりして！
思った以上にかっこよくなったの！
特に木の板の質感っていうの？　それが気に入ったんだ！
おじさんが大事にしてたのかな、すごくいい木だなって思ったんだよね！
完成したとき、うれしかったんだよ！
ほら、パパも言ってたじゃん！　作る楽しさが大事なんだよって！
これ、絶対に先生にもよろこばれるだろうなって思って！
次の日、学校に持って行ったんだ！
予想通り、先生はびっくりして『これはすごい！』って言ってくれた！
他のクラスメイトも『どうやって作ったの？』って興味しんしんだった！
木の板はおじさんの家から持ってきたって自慢げに話したんだよ！
すごいでしょボクって！
でも、学校から帰ったあと、ママにそのことを話したら！

ママもほめてくれた！
それなのに、あまった材料の木を見せたら急に顔色が変わって！
『あんた、それどこから持ってきたの！』って怒るの！
木の板があった裏山のおじさんの家の場所を言ったら！
そしたら、お母さんがすごい勢いでおじさんの家に走って！
ボクはその場で待たされてさ！
しばらくして、お母さんがもどってきたんだけど！
なんかすごく怖い顔！
『あんた。あれがなにか、わかってるの？』とか訊かれても！
正直ぜんぜんわかってなかった！
あの木の板はソトバって言うものだったみたい！
そう！　おじさんは髪がないおじさん！　裏山のお寺のおじさん！
もう作品にしちゃったし、どうすればいいのかわからない！
お母さんは『すぐに返しにいきなさい！』って言ったけど！
もう作品にしたからどうやって返せばいいかチンプンカンプン！

学校に提出しちゃったし、まずいことになりそうな気がする！
あ！　パパ、ほら見て！
窓の外から白い着物の人が、こっちのぞいてるよおお！　わーい！」

「苦言の罪」

「すみません、ちょっとよろしい？」

「あ、はい、いらっしゃいませ。どうなさいましたか？」

「あのね、あそこに座ってる人たち、ちょっとお行儀が悪いと思うんです。

あんな風に大声で笑うなんて、品がないわ。

私、このお店にはいつも高いお金を払って来てるのよ？

あんなお行儀の悪い人たちと一緒に食事なんて、気分が悪くなるじゃない」

「申しわけございません、すぐに確認させていただきますね。

ただ、こちらはみなさまがリラックスしてお食事を楽しめる場所ですので。

少々の会話や笑い声は許容しておりまして」

「それはわかってるつもりなんだけど、あの人たちは本当に酷いのよ。

高級なお店に来るなら、それ相応のマナーを守るべきでしょ？　私なんていつも気を使ってるのに、あんな風に騒がれたら気分が台無しだわ」

「ご不快な思いをさせてしまい、申し訳ありません。改めて確認しまして、あまりに酷いようなら注意させていただきます」

「あと、そこのテーブルにいる子どもたち、騒ぎすぎよ。子どもだからって、なんでも許されるわけじゃないわ。こういう場所では、ちゃんと静かにさせるべきよね。あの若い主婦たちは、どうして気にならないのかしら」

「はい、申しわけございません。お子さまが元気すぎると、周囲のかたにご迷惑をおかけすることもあるかと思いますが、ご家族連れのお客さまもリラックスしていただけるように努めております。

ただし、極端に騒がしい場合は、対応いたしますので、ご安心ください」

「私ね、こう見えても昔からこの辺りでは有名なのよ。

だからこそ、マナーにはうるさいの。だって、このお店の良い評判を広めたいし、質の高いお客さんが集まるべきだと思ってるのよ。でも最近は、あまりに雑な感じの人たちが増えてきたと思わない？　どうにかならないかしら」

「そのようなご意見も、参考にさせていただきます。ですが、お客さまは皆さまそれぞれのお考えがあります。それにあわせたご利用になっておりますので、当店としては公平におもてなしさせていただいております」

「公平に？　まあ、確かに公平っていうのは、良いことなんだけどね。でも、やっぱりね……あ！　あそこのテーブル、ほら見て！　あの服装！　あの服装はあまりにカジュアルすぎるわ。こういうお店では、もう少しちゃんとした服装をするべきじゃない？　私なんて、毎回このお店に来るときは、ほら、きちんとしたワンピースを選んでいるのよ。そうじゃないと、このお店の品位が落ちるから。ねえ、そう思わない？」

「おしゃれなお客さまがたくさん来店されますが、ドレスコードは設けておりませんので、カジュアルな服装のかたも歓迎しております。それぞれのお客さまが好きなお召し物で楽しんでいただけることが、当店の目指すところになっておりまして」

「あの人！　スマホをいじりながら食べてる！　信じられる？　スマホを見ながらなんて、食事を楽しんでいるとは思えないわ。お食事の場でそんな行動をするなんて、礼儀に欠けるわ」

「なるべく食事中のスマホの使用は控えていただくようお願いしておりますが、強制ではございません。お客さまがご自由に過ごせるよう、こころがけております」

「でもね、やっぱり私としては気になるのよ。自分のことは別にいいの。

こうやって他のお客さんがルールを守ってないと、なんかこのお店全体のレベルが下がっちゃう気がしてならないの。私たちみたいな、ちゃんとしたお客さんが居心地悪くなっちゃうんじゃない？」

「おっしゃることは理解いたしました。お店としては、すべてのお客さまにご満足いただけるよう努力しておりますが、おひとりおひとりの過ごしかたを尊重させていただいております。そのため、すべてのかたにご納得いただける対応は、難しいかもしれませんが、ご意見は参考にさせていただきます」

「本当に、わかってもらえてるかしら……例えば、さっき通ったスタッフ、もう少し丁寧に動いてほしいわ。なんか、こう、急いで、いるように、見えて。余裕がない感じがしたのよね。私、こういうところに来るときは、しっかりしたサービスを期待してるの。もっと……こんな感じで……エレガントに対応してほしいものだわ」

「スタッフには迅速かつ丁寧なサービスを提供するよう教育しておりますが、場合によってはお急ぎの対応を求められることもございます。できる限り、お客さまのご希望に添えるよう努力いたします」

「おっしゃられていることもわかるんだけど。やっぱり、なんか、ねえ？

私、なんかこういう細かいところにすぐ気がついちゃうから、余計に気になるのよ。せっかくの美味しいお食事が台無しにならないように、お願いしたいわ」

「お客さまのように細やかな気配りをされるかたがいらっしゃることは、お店としても大変ありがたいことです。ですが、お店としては全体的なサービス向上を目指しており、皆さまのご期待にすべて応えることは難しい場合もございます。

その点なにとぞ、ご理解いただければ幸いです」

「そうよね……やっぱり私はちょっと気にしすぎるのかしら。

でもね、私、これまでたくさんのお店に行ってきたけど、このお店は本当に好きなの。それだけに気になることがあると、つい口をだしてしまうのよ。

やっぱり、こういう素敵なお店には、素敵なお客さんだけが来てほしいのよ。

私のように、礼儀正しく、品のある人たちが」

「そのお気持ちは理解できますが、さまざまなお客さまがいらっしゃる以上、すべての方が満足できるようにバランスをとることが大切です。当店では、すべてのお客さまを平等にお迎えしておりますので、ご理解いただければ幸いです」

「まあ、そうよね。私もわかってはいるの。

でも、やっぱり気になることがあると、我慢できなくなっちゃうのよ。

私が正しいと思うことを言ってるんだから、きっと誰かのためになると思うの。

私が言うことも少しは役に立っているでしょう?」

「もちろんです。お客さまからのフィードバックは非常に貴重ですし、それをもとにサービス向上に努めております。ただ、当店ではすべてのお客さまが快適に過ごせるよう努めておりますので、その点もぜひご理解いただければと思います」

「そうね……それなら少しは安心したわ。お店のためにも、私たちお客さんがしっかりとマナーを守ることが大事だと思うの。それがこのお店の品位を保つためには必要だわ」

「まったく持ってその通りでございます。

お客さまのようにマナーに気を配られる方々のおかげで、当店も素晴らしい雰囲気を維持できております。これからもご意見をお寄せいただけるとありがたいです」

「ええ、もちろんよ。これからもこのお店を応援していくつもりだし、お盆になったらまた来るわね。そのとき、またよろしくたのみます」

「はい、お待ちしております。いつもご利用いただき、ありがとうござ……え？」

「執念の罪」

「いよいよラストスパートに突入！　この展開、まさに白熱！」

「トップ争いはN選手、K選手、そしてC選手の三人に絞られましたね」

「はい、まさに激戦です。ここまでの距離を一歩も譲らず、互いにちからを尽くしてきましたが、いよいよ最後の根比べです！」

「N選手がかなりリードしていますね。それでもK選手とC選手はスタミナに自信があるタイプです。負けじと追い上げていっています。これは目が離せません」

「この距離感、わずか数メートルの差です。N選手が前にでているものの、K選手が追い上げてきました。C選手も負けていません！」

「さあ、ここでN選手が再びリードを広げるか……いや、K選手です、K選手がさらに加速していきます。これは驚異的なスピードですね」

「おっと！　N選手が苦しそうな表情を見せました！　疲れがでてきたのでしょうか？　N選手、引退レースということですが、なんてことだ！　ここに来て限界か！」

「そうですね。N選手、確実に足取りが重くなっています。しかし、あれはまだ諦めていませんよ。なんとか食らいつこうとしています。凄い表情です。最後の執念でしょうね。入院している母親に優勝するところ見せて欲しいですけど」

「ここでK選手とC選手が、N選手を追い抜こうとペースアップ！　並びかけました ッ、これは激しいッ、激しい競りあいだッ、だめだッ、N選手がついに脱落かッ」

「遅れてしまいましたね。やはり限界が来たのでしょう。ああ、叫んでますね。もうバランスがとれていない。これでK選手とC選手の一騎打ちになってしまった」

「さあ、残りはあとわずかです！　ふたりとも限界ギリギリのなかで全力を振り絞っています！　どちらが先にゴールラインを超えるのか、予測がつきませんッ」

「観客席も総立ちですね。この状況、まさに最後にふさわしい劇的な展開です」

「K選手とC選手、肩を並べてゴールへむかうッ！　差はありませんッ、ゴールテープは目前ッ、どっちだッ、どっちだッ、同時ッだ！　同時に飛びこみましたッ」

「ゴールです。しかし、これはどちらが先だったのでしょうか？　完全に同時ゴールに見えましたが……」

「これはわかりませんね！　目視ではどちらが先かまったく判断できません！」

「ビデオ判定ですね。いまゴールラインの映像が確認されているようです」

「すごい勝負でしたね！　これは結果が楽しみです。どうなっているのか」

「あ、N選手倒れこんでますね。母親のこと以外にも因縁のあるC選手には負けたくなかったでしょうし。悔しいでしょう。しかし、本当によく頑張りました」

「ビデオ判定の結果が間もなくでるはずですが、優勝はいったいどっちなのか」


「おい、急げ！　再生しろ」

「ハイスピードカメラ七台、すべて流します。まずは1と2を再生しますよ」

「こっち！　だめだ、どっちも腕と肘が邪魔になってる。次！」

「3と4です、再生します」

「3は、これはK選手だな、ダメだ、いまいち！　4のこれは……なんだ？」

「え？　なんですか？　これ？　N選手？」

「……いや、いい、気にしなくて！　次を流せ！　5、6を再生。急げ」

「は、はい、5と6再生します！」

「おお、やっぱりK選手だ。どっちもそうだな。5と6を中継につないでッ」

「おっと、ビデオ判定の結果がでるようです。どちらが勝者となるのか」

「映像が再生されていますね。ゴールラインをふたりが超える瞬間が、どっちだ」

「この映像を見ても、まだ微妙な差です。ゴールテープに触れた瞬間の位置が」

「本当にわずかな差ですね。これは肉眼では判別できませんね。ゴールの瞬間にC選手がわずかに前にでたようにも見えるのですが……あ、これはK選手だ」

「K選手！　優勝はK選手です！　すごいッ、本当にわずかな差だ！」

「委員会からも結果がでました。判定の結果、わずかにK選手が先にゴールテープを切ったと判定されました。わずか数ミリ秒の差でK選手が勝者です」

「まさに紙一重の差でしたッ、K選手が優勝ですッ」

「しかし、C選手も素晴らしいレースを見せました。本当に素晴らしい」

「これほどの接戦を目の当たりにできたこと、本当に感動しましたッ」

「まさに歴史に残る名勝負ですね。選手たちに拍手を送りたいと思います」

「今日のレースはマラソンファンや観客のみならず、解説陣にも強く記憶に残ることでしょう。まさにマラソンの醍醐味をあますところなく見せてくれましたッ。これがスポーツの素晴らしさですッ。最後まで諦めない姿勢、そしてその結果、生まれるドラマ……これだからスポーツは面白いッ」

「まさにその通りです。K選手、C選手、そして脱落したN選手も素晴らしかった。みんなが全力を尽くした素晴らしいレースでしたね」


「ふう……なんとか放送に間にあったな。お疲れさん」

「あの、カメラ4の映像ってなんか変だったんですけど。あれって寸前で脱落してしまったN選手ですよね。しかも首だけの。なんかC選手の顔に噛みついて……」

「処分しとけよ。あの映像。保存して間違って使ったら、ややこしいだろ」

「どういうことですか？　ゴールから離れて倒れこんでるのに」

「多分、執念だろ。仕事外のことは忘れろ。あと、気にするな……怖くなるから」

「悪戯の罪」

「私が十歳で兄が十三歳だったから、兄が中学生のときか。

変な中二病っていうか、お調子者っていうか。まあ、そんな兄。

道、歩いてたら『見てみろよ、あれ』っていうから見たら、マンションの入口にでっかい石が並んでるのね。横一列に。なんだろうって不思議に思ってたら、兄が『オレがやったの。すごいだろ』って自慢げ。マンションの入口に重い石を持ってきて横に並ばせて、通行の妨げよね。なにがすごいのか、さっぱりわからない。

もしかしたら芸術性を感じていたのかもしれないって？

なにが芸術よ。そんなワケないわ。ただのバカよ、アレは。特になんにも考えてない。意味もない。ヒマだからやった、みたいな感じがしたわ。バカの所業。

そんなバカ兄がね、あるとき警報機にハマったのよ。ほら、よく建物の廊下とかにあるでしょ。赤いランプがついてる火災警報器。あれを押してまわったの。

え？　大きな音とか消防車とか来て大騒ぎになるんじゃないのかって？

もちろん、そうよ。近所中、大音量でジリリッていう金属音みたいなベルが鳴り響いて、サイレンの音を鳴らしながら消防車が何台も登場。住人たちも火事だ火事だって外にでてきて大騒ぎ。

最初は兄の仕業ってわからなかったけど、そのうちわかるようになった。だってベルが聞こえたら走って帰ってくるんだもん。そりゃわかるわよ。

消防署の人たちも迷惑だったんだろうけど、そのうちにイタズラしてるヤツがこのへんに住んでいるみたいだぞって、火事じゃないのがバレバレになった。消防車も数が減っていったし、ときには来ないときもあった。

これよく考えたら大問題じゃない？

だってイタズラかと思って、ほんとうに火事だったらどうするのって話でしょ。家は燃えちゃうし、もしかしたら死人がでるかもしれない。

そういうことが考えられないのが当時のバカ兄だったの。

でも彼、気がついたら大人しくなっていて、いっさいそんなバカしなくなった。

まあ普通に考えたらそうよね。いつまでもガキの思考じゃないんだから。そんなことより、やることがあるのを学ぶのが人間よね。彼も成長したのでしょう、きっと。

大人になってね、実家に帰ったら兄も帰ってきていて。お父さんとお母さんと久しぶりに四人でご飯食べてたの。ちなみに兄は、人に迷惑かけるバカな子ども時代だったくせに、勉強して大手の会社に就職したのね。毎日忙しいから、ほんとうに四人そろうのは珍しかったの。

ご飯食べてたら、いきなり兄が『一時期さ、このへんで火災警報器鳴りまくってたの覚えてる？』って言いだして。私、ブッってご飯、吹いちゃった。

『あれ……あのイタズラしてたの、オレなんだよね』

私は知ってたけど、お父さんもお母さんも『お前……』って固まっちゃって。

『反省してる。ガキだった。ほんとうに』

停止してるお父さんとお母さんをよそに、もぐもぐと食べながら続けるのよ。

『ある日マンションに入って、今日は上の階の警報器にしようと階段あがって。いちばん上までいったんだ。最上階のフロア。んで、警報器がある真ん中あたりまで歩いてボタン押そうとしたら、警報器の前にあった部屋のドアが開いたのね。振り返って部屋のなか見たら誰かいたの。玄関のところ、ぶら下がり健康器みたいなのがあって、そこで首吊ってる人が。ゆらゆら揺れながら、こっち見たんだよ。顔が変色していて紫だった。驚いて動けずにいたら、すげえ嬉しそうに笑ったのよ。それがめちゃ怖くて。そういうイタズラやめたんだよね。話、おわり』

話しはじめから最後まで食べながらだったわ。いつの間にか私もフリーズ。

言葉に困ったのか、お父さんは父親らしさをアピール。

『も、もうそんなイタズラしちゃいかんぞ』

お母さんはなぜかマンション名のチェック。

『そ、それって、どこのマンションでのことかしら』

私が、いやそんな問題じゃないでしょ、って突っこんでから、

『久しぶりにみんなでご飯食べてるのに、なんでワケわかんないホラ話するのよ』

『ホラじゃないよ。ホラーの話。ホントだよ。マンションは川沿いのマンション』

こいつやっぱりバカだって思ってたら、両親がこんなこと言うの。

『それ○○くんが住んでたマンションだよな』『うん、○○くんよ、間違いない』

私は『〇〇くん？　誰なの？』って訊いたら。

兄が幼いころ、近くに住んでいた学生だっていうの。兄もよく遊んでもらっていたけど、こころを病んで自死しちゃったらしいの。その時期、そのマンションで。

『お前、覚えてないんか？　すごくお世話になったんだぞ』

さすがに兄もお箸を止めて『覚えてない』とびっくりしてた。

『きっと最後に、あなたに挨拶に来てくれたのね……』

母親は涙ぐんでたけど、挨拶に来たワケじゃないと私は思ったわ。

まあ、ようするに。兄の話はホントだったみたい。

それがきっかけで更生したなら良いことだけど、考えてみると不気味よね。

首吊り死体が笑ったんだから」

「放送の罪」

「――古き良き日を思いだす。そんな素敵なヒットナンバーをお届けしました。今日みたいに、こんな涼しい風が吹く夜を、皆さまはどうお過ごしでしょうか。次は悩みをお聞かせくださいのコーナー。パーソナリティーは私、スズキと」

「こんばんは！　タナカで送らせていただきます。よろしくお願いしまーす」

「今日も元気ですね、タナカさん。タナカさんの声を聞くと私も元気になります」

「そーれだけが私のとりえですからね！　がんばって答えるぞ！　おー！」

「ふふ。お手柔らかにお願い致します。さて、今夜もさっそく悩み人からの電話がつながっていますので、お話を聞いていこうと思います。もしもし？」

「……あの、こんばんは」

「こんばんは。お名前と年齢、ご職業を教えてください」

「……名前は、ちょっと。年齢はいちおう二十代、仕事はいま無職です」

「なるほど。ではAさんと呼ばせてもらいますね。お悩みはなんでしょうか?」

「……実は、家族が死んで困ってるんです。もう、次々に死んでいくんです」

「えっ……それは……大変ですね。えっと、詳しくお聞かせいただけますか?」

「……最初は母が亡くなりました。心臓にかんする発作だと言われました。でも病院側もなぜ発作が起きたのか、詳しくはわからないらしくて」

「お母さまが……おつらいでしょうね。それから?」

「……それから、姉が亡くなりました。自宅でいきなり悲鳴をあげて……息が止まってしまって。医者は心臓発作だと言いましたけど、姉はこれまで健康で、そんな気配もなかったんです」

「悲鳴ですか? なぜ悲鳴をあげたんでしょう? 苦しかったのでしょうか?」

「ね、ねえ。そ、そうーですよね。悲鳴をあげーるって、あんま聞かないですねー」

「……わからないです。大きい声が聞こえて。廊下で両目を押さえて死んでました。すごく口が開いていて、もうアゴが外れたくらいに。あんな顔、初めて見ました。……次に、弟が死にました。今度は事故でした。車を運転していたんですが、なぜか崖から転落したんです。遺体を見たら、もう誰かわからなくなっていました」

「そ、それはあまりに、恐ろしいですね。事故は偶然なのでしょう？　事故なんで」

「……前の夜、弟は、次は自分だって泣いていました」

「泣いていた？　どういうことでしょう？」

「……言われたって泣いてました。母親と姉の次はお前だって」

「言われた？　誰に言われたんでしょうか？」

「……わかりません。弟からそれを聞いた父親は、弟の前でお経を唱えて」

「お経？　ああ、安心させようとしたのですね？　弟さんを」

「……そうです。これで、天国いけるから、安心していいって言ってました」

「ああ……そっちの安心ですか」

「……弟の葬儀のあと、家に帰ったら玄関にまかれてあったんです」

「まかれてあった？　それはなんだったんですか？」

「……髪の毛でした。長い髪の毛がたくさん、床屋さんみたいに」

「そ、それはとても……不気味ですね。でも、誰かが悪い冗談でやったんですかね」

「……わかりません。全身が凍りつくような寒気を感じました。

そして、その翌日、今度は妹が死にました」

「ま、まだご家族が？」

「……お風呂で浮いてました。なにが起こったのか、わからないと言われました」

「そ、そんなことが……どうして？」

「……なにか、怖いものが、わからないけど、私たちを狙っていて」

「そんなこと、か、考えたくはありませんが。でも次々と家族が亡くなるなんて。本当になにか悪いちからがあるようにも……タ、タナカさん、どう思われます？」

「そ、そーですね、なんか私、こ、怖くなってきてますね。でもまだお父さんが」

「……父は一週間前に手紙を残して……でていきました。逃げたんだと思います」

「うーわ……最悪でした」

「お父さまの手紙には、なんて書いてあったんですか」

「……先にお母さんたちのところにいくから、みたいなことが書かれてました」

「そんな……じゃあ、もう、いまはおひとりで家にいるんですか？」

「……はい。もう、どうしたらいいかわからなくて」

「なんでそんな状況になったのか、心当たりはありますか？」

「……思い当たる節があるんです。母が亡くなる少し前に、私たち家族で古い神社にいったんです。その神社にいったら、もしかしたら助かるかもしれないって言ってましたから……母も父も、知っていたんだと思います。もう時間がないことを」

「知っていた？　ご両親はこうなることを前もって知っていたんですか？」

「……そうみたいですが、神社はぼろぼろになっていて、意味がなかったみたいです。母は絶対なんとかなるからって言ってたのに、神社を見たら泣きだして」

「お母さまは、いや、お父さまも、おふたりはなにを知っていたのでしょう？」

「……多分、寿命みたいなことだと思います。先祖のなんとかって言ってました」

「寿命？　先祖のなんとか？」

「……わかりません。でも、その神社にいったあとひと月も経たないうちに、はじまったから、もしかしたら神社には、いかないほうが良かったのかもしれません」

「はじまったというのは、なんでしょうか？」

「……足音が家のなかで聞こえるんです。廊下を裸足で歩く音みたいなのが」

「ああ……ちょっと私、そろそろ無理かもしれません。本当に、お、恐ろしい話です。専門のかたに相談されるのがいいかもしれません。霊媒師とかにお祓いとか」

「……もう頼みました」

「もう、頼んでましたか。失礼しました」

「……母が死んですぐに。でも、霊媒師は私たちを見た瞬間、震えだして、『これは私の手に負えるものじゃない』って逃げだしてしまって。その夜に姉が……」

「いったい……なにがあなたたちをおそっているのでしょうか？」

「……わかりません。もう助からないと思うのですが、父が言うには……ひッ」

「な、なんですか！　いまの音は？」

「……い、家にひとりなんですけど、どこかのドアが強く閉められたみたいで」

「ちょっと……スズキちゃん。お、おれもう無理です。キャラも保てないし」

「で、でもあなたは無事で、こうして話しているから、き、きっとなにか方法が」

「……そう信じたいですけど、日が経つごとに、廊下の足音が増えていて。

その足音は私を探しているみたいで。

最近は、家のどこかからずっと『どこ？』って子どもの声が聞こえてくるんです」

「そ、それは幻聴で疲れているから……いや、絶対に違うと思います」

「……その声を聞くたびに全身が震えて、動けなくなるんです。だから声が聞こえる前に隠れるようにしていて。いまも電話引っぱって押し入れからかけてます」

「そ、そんなことが本当にあるなんて……いまも家のなかで気配があるんですか？」

「……はい、足音はもう昼も夜も関係なく、聞こえるようになっています」

「そ、それはいまも聞こえますか？」

「……聞こえます。ずっと廊下から聞こえています。裸足の足音です」

「押し入れにいるんですよね？　受話器だけも押し入れからだして廊下にむけることってできますか？　足音が聞こえるように」

「……はい、わかりました。やってみます」

「…………」

「……もう、無理だって。スズキちゃん、これって放送したらダメな……」

「しぃ！　静かにしてください」

「……　……」

「聞こえ……ますね……ぱたぱた……」

「聞こえる……これは……裸足の…………足音ですね……何人も」

「……もしもし、聞こえましたか？」

「いま家にはAさんだけで誰もいないんですよね？」

「……そうです。私を探していると思います。ときどき笑い声もするのですが」

「それじゃあ、もうひとりでいないほうが」

「……家族はもういないんですよ。私のまわりには誰も」

「いや、そんなこと言わないでください。なにか方法があるはずです。なにか、その、心霊の専門家とか、もっと大きな神社にいくとか、私もなにか調べて……」

「……無駄です。友だちも近所の人もみんな、怖がって逃げだしました。もう誰も私の話を聞いてくれません」

「で、でも、私はまだここにいます。私も少し、怖いですが、で、でも、あなたをひとりにはさせませんから」

「……ありがとうございます。でも父が言っていたんです。全員じゃないけど、この話を伝えられた人にも悪いことが起こることがあるって。だから連絡したんです」

「えっ？　どういうことですか？」

「……いまこのラジオ、何人聞いているのか知りませんけど、伝えるだけで不幸になるかもしれないって言うなら、私、みんなに伝えたいです」

「そんなこと、あるわけないでしょう。しっかりして……え？　いまなにか音が」

「……部屋に入って来たようです。皆さん、ごめんなさい。さようなら……」

「もしもし、だいじょうぶですか？　Aさん？　もしもし？」

「ヤバいって。警察呼んだほうがいいよ。もしもし……もしもし」

「…………………」

だいじょうぶです。怖くとも不安になる必要などありません。
死んだ者は生き返らない。だから殺すこともできない。

「香辛料の罪」

「じゃーん！　じゃーん！　たまにはビデオ録画でメッセージでーす。
ねぇ、いま、あなたの家の台所にいるんだけど。
あなた、今日も遅くなるって言ってたよね？　わかってる、わかってますよ！
だから、夕食をちゃんと作っておいてあげようと思って。
ばばーん！　あなたの好きなカレーでーす！
今日は特別にスパイスをたっぷり使ったの。辛いのが好きでしょ？
いま煮こんでるところ！　ぐつぐつ！　ほら、見て。すごく美味しそうですね！
それと、サラダも作ったの。ばーん！
あなたのためにね。新鮮な野菜もいっぱい入れて栄養バランスもバッチリ！
デザートはね、梨でーす！　シャキシャキで美味しい！　はず！　ひと口食べてみましょうね！　あむ、うんうん、美味しーい！
冷蔵庫で冷やしておきまっす。
最近あなた、帰りが遅いことが多いよね。なにか忙しいの？
別に文句はないんだけど、あなたと過ごす時間が減ってきたような気がして。
私、少し寂しい！　エーン！
だいじょうぶ！　私はあなたのためにここにいるから。
こうしておいしい食事を作って待っているのが、私の幸せ！　超イイオンナ！
ところで最近スマホをよく見てるよね。誰かと連絡してるの？
別に疑ってるわけじゃないけど、ただ、あなたのことをもっと知りたいだけ。
誰となにを話しているか、いまなにをしているとか、ぜーんぶ知っておきたいの。
でも、そんなこと言ったら、重く感じちゃうよね。
ごめんなちゃーい。
私はただ、あなたのことが大好きで、もっと近くにいたいだけなの。ちゅッ！
そうそう、もうひとつだけ言いたいことがあった！
帰りが遅くなっているあいだに、私はいろいろと考えていたの。

どうしたらもっとあなたが喜んでくれるか、どうしたらもっと幸せにできるか。

そして、気づいたの。あなたには秘密があるんじゃないかって。気のせいかもしれないけど、なにか隠してるんじゃない?

私はぜーんぶ知ってるのよ。あなたのこと、すべて分かってるから。

ほら、これお守り!　あなたの部屋で見つけたの。

変だと思ったんだ!　夜になったら赤ちゃんの泣き声聞こえるから。

この前、言っていたでしょ?　あれ、聞こえる?　って。

うん、なんにも聞こえないよって言ったら、あなた寝ちゃったけど。

私には聞こえないと思ってた?　なんと!　ちゃんと私にも聞こえてましたー。

これ、水子供養のお守りだよね?

ベッドの横の窓に、赤ちゃんみたいなのベタって、くっついていたんだよー。

うぃー!　びっくりしましたかー?

怖くて目をつぶって布団かぶって寝るから、気づかないんだよー。

でも、最後にこれだけは言っておくわ。

カレー、いつもと少しだけ味が違うかもしれないけど、気にしないで。きっと、あなたも気に入ると思うから。帰ってくるのを楽しみにしてる。
一緒に食べよう。美味しい美味しいカレー♡」

「催事の罪」

またいらしてください。はい、ありがとうございました。どうも。おおきに。

はい、次のかた。写真ですか？　いいですよ、どうぞ。はい、チーズ。

どうもこんばんは。今夜はありがとうございました。催しはどうでしたか？

ああ、面白かったですか。そうですか。よかったです——怪談イベントを開催して面白かったと言われるのは屈辱ですけどね。いえ、とんでもない、感想はそれぞれなので。怖かった、もう来たくないがベストアンサーです。

え？　歪んでますか？　こころが？　そうですね、歪んでいるかもしれません。

怪談を商売にしている時点で罪人感もありますし。

はい？　怪談イベントがあったその日に、変なことが起こった経験ですか？

それはないですね。片付けに時間かかって大変、という記憶しかありません。

どちらかと言うと、お客さんのほうがそういうこと、あるみたいで。

はい。怪談イベントの帰りにそういう妙なことがあった、という話です。

ささいなことばかりですが例えば。帰りに乗った車両から自宅まで、ずっと笑ってついてくる女性がいたとか。お客さん同士で飲み会をしたら、ひとり見知らぬ人が混じってたとか。帰ったらひとり暮らしの部屋に電気がついていて窓に人影があるとか。余韻に浸って寝ていたらインターホンが鳴ったと同時に金縛りにあったとか。

こういった話はまあまあ聞きますね。

怪談イベントのあとなので、ちょっと敏感になっているせいもあるでしょうが。

変わり種もひとつあって。

チケット制じゃないとき、怪談イベントを予約したのに来なかった人から連絡があったんです。無断キャンセルを詫びる電話で、スタッフが応対にでて話したんですが。謝られたってこっちは、そうですかわかりました、としか言えないワケなんです。明記していないから、キャンセル料とか払ってもらうこともできない。

でも話を聞いてみたら——その女性、毎回だったんです。怪談イベントに来る気もないのに毎回予約して、なんとかイベントの席数を減らそうとしていたんです。

同じ業界のある人物に言われて、邪魔することが正しいと思ってやった。

そんなことを言っていたそうで。その人物も誰かわかっているんです。以前から人を使って嫌がらせをしたり、悪評をまくので有名な人で。怪談系の関係者のあいだではみんな知ってる小悪党です。まあ、そんな小物はどうでもいいのですが。

問題はなぜその女性が正直に、詫びの電話をしてきたかってこと。

もう、ずっと変な夢ばかり見ていて、その夢を見るたびに自分の体調が崩れていくから、謝らなきゃいけないと思った——それが電話をかけてきた理由だったんです。寝室に黒い人たちが集まってきて、寝ている自分を覗きこむ夢なんだとか。

詫び電話のあと、その女性からの嫌がらせ予約はなくなりましたが、いまはどうしてるんですかね。私としては、いまもまだ夢を見てくれてるといいんですが。

あ、ちょっと話しすぎましたね。うしろが待っているのでこのへんで。こんな悪い話ならまだまだありますので、また来てくださいね。ありがとうございました。

どうもこんばんは。今夜はありがとうございました。催しはどうでしたか?

ああ、面白かったですか。そうですか。よかったです——。

「衝動の罪」

「猫派ですか？　犬派ですか？　ははっ。確かによくある質問ですよね。

ぼくは断然、猫派。犬も嫌いじゃないけど、猫のフォルムと距離感が好きです。

ある夕方、家で昼寝をしていたんです。

部屋はマンションの一階で、そのとき秋だったので、涼しいから窓を開けていて。

ふと目を覚ますと、窓から入ってきたのでしょう、野良猫がいたんです。

小さな体で、毛並みは少し乱れていたけど、その大きな瞳がなんとも愛らしかったですね。多分、近所で暮らしている猫なのだろうと思いました。

『こんばんは。どこから来たの？』

声をかけたら猫は無言でこちらを見つめる。

見つめあっていると、なんとも言えない可愛らしさに胸が温かくなりました。

この猫はなにかを求めているのだろうか？

それともただの好奇心から入ってきただけなのか？

そんなことを考えながら、猫の動きをじっと見守っていました。猫は家のなかを興味津々に探検しはじめて。ソファの下を覗いたり。カーテンの布がひらひら揺れるのを見つめたり。歩きまわる姿が本当に微笑ましいんです。

その姿を見ているうちに、胸のなかに違和感が生まれてきて。最初はただの愛おしさだったんです。しかし、徐々にその気持ちが変わりはじめた。

この猫、いったいなにをしているんだろう？

そう思った瞬間、こころのなかで何かが崩れたような気がしました。

猫が自分の家のなかを自由に歩きまわる姿が、なぜかいらいらするんです。

なんでこんな汚い猫が勝手におれの家をうろついているんだ？

自分でも理由がわからないまま、急にその存在が凄く不快に思えてきたんです。

——追い出さなきゃ。

気づけば体が動いていました。

猫を捕まえて、家の外に追いだすために手を伸ばしたが、猫は素早く逃げる。

なにが引き金になったのか、急にその猫を追いかけたくなった。

『このクソ猫がッ』

自分でも驚くほどの勢いで追いかけまわしていた。

猫は素早く家具の陰に隠れたり、テーブルの下をすり抜けたりして、まるで遊んでいるかのようだ。しかし、こちらは遊びのつもりなんかじゃない。

なぜか猫を捕まえて、どうにかしたいという強烈な衝動に駆られていて。

捕まえて外に放りだすのが目的だと思っていたが、本当にそれだけだったのか？

猫が再びソファの下に隠れたので『出てこい！』と叫びながら覗きこんだ。

猫はじっと固まっていました。

その瞳がこちらを見つめ返してきたとき突然、心臓がどきっとした。

急に冷静になって考えた。

『ぼくは、なにをしてるんだ？』

この猫は、ただの野良猫だ。

家に入ってきたのも、おそらく悪意なんてまったくなかったはずです。それを追いかけまわして、恐怖を与えるなんて、なにが自分をそうさせたのだろう。無性に申しわけない気持ちが押しよせてきて。

猫はなにも悪くないのに、自分が一方的に怒りをぶつけていただけだ。

ぼくは『ごめん』とつぶやきました。

その気持ちが通じたのか、猫は自分でソファの下からでてきて、こちらを見上げました。まったく恐怖を感じていないようです。むしろ、何事もなかったかのように、再び家のなかを歩きまわりはじめました。それを見て、ようやく自分も完全に冷静になって、深く息を吐きました。

もう猫を追いかける気持ちはすっかり消え去っていました。

代わりに、猫が家のなかを歩きまわる姿を、ただ静かに見守ります。

猫は飽きたのか、しばらくしたら自ら家の外にでていきました。

ほっとしたような気持ち、そして寂しい気持ちが同時に湧きあがってきました。

静かになった家のなかに、ひとりとり残されたような感覚でした。

猫が残していった空気は穏やかで、先ほどの自分の行動が嘘のように思えて。

あの瞬間、なにかに突き動かされてしまった自分に驚きつつも、また次に猫が来たら、もっと優しくしてやろうと、こころに決めました。

寒くなってきたので窓を閉めようと手を伸ばし外を見ました。
まだあの猫が塀の上にいて、私を見ています。
『また遊びにこいよ』
私は笑顔でそう言いました。
猫は『次やったら殺すからなあ』と笑って去っていきました」

「悪意の罪」

——という話を聞いて、その猫を探しているのですがご存じですか？

「あんた、なに言ってるの？　頭、だいじょうぶかい？」

ですよね。ありがとうございました。


すみません、このあたりでしゃべる猫を見たって、聞いたことありませんか？

「しゃべる猫？　バカなのか？　そんなもん聞いたことねえよ」

ああ、そうですか。ありがとうございます。


お聞きしたいんですが、このへんでしゃべる猫を見たって話、知ってますか？

「しゃべる猫？　面白いこと言うね。でも、ちょっと前に誰かが言ってたな」

本当ですか。どこで見たかとか、なにか詳しいことは？

「詳しいことは知らないけど、確か裏通りに住んでるお婆さんが、そんな話をしてた気がするよ」

裏通りですね、ありがとうございます。さっそくいってみます。


すみません、突然。しゃべる猫の話をうかがいたいんですが。

「しゃべる猫かい？　ああ、あの子か。なんでムウちゃんを探してるんだい？」

実は、不思議なことが大好きで、どうしてもそのムウちゃんに会いたいんです。

「そうかい。でも、ムウちゃんを見つけるのは簡単じゃないよ。あの子は気まぐれだし、いつ現れるか私もわからないのさ。とりあえず今日は来ていないねえ」

そうなんですか。ちなみにムウちゃん、しゃべるときなんて言うのですか？

「そうだねぇ、ご飯いるかいって訊いたらニャアって言ったり、良い子だねえって言ったらニャアって答えたりするね。猫の鳴き声に聞こえるだろ？　でもよく聞くと」

それって空耳って感じですよね。集中して聞いたら日本語っぽく聞こえる的な。

「空……なんだって？」

私が探しているのは「次やったら殺す」みたいなヤンキーっぽい下品なことをハッキリと誰が聞いても聴きとれる、確実な日本語を話す猫です。ご存じですか？

「……ここはね、あんたみたいなのがいる場所じゃないんだよ。帰りな、よそ者が」

いきなり村みたいなナワバリ意識を？

すみません、この辺でしゃべる猫の話を聞いたことがありますか？

「そんな猫、知らないねえ。最近は猫、みんな長生きだからいっぱいいるけどね」

すみません、このへんでしゃべる猫の話を聞いたことがありますか？

「なんだそりゃ。ちょっとわかんねえな。化け猫かい？　うちのじいさんの時代は化け猫を見たって話があったらしいけど、縁起が悪いらしいぜ、化け猫ってのは」

縁起が悪い？　そうなんですか？

「みんな口を揃えて言ってたらしいぜ。なにか悪いことが起こる前触れだって」

悪いことですか。化け猫がでると悪いこと……。

「そうさ。だから、あんまりそういうの探しまわるの、やめときな。なにが起こるかわからないよ、へへ」

ありがとうございます。でも、どうしても気になって。もう少し探します。

「気をつけなよ。なにかあったらすぐに逃げるんだよ。このへん物騒だからさ」


すみません、このへんでしゃべる猫の話を聞いたことがありますか？

「しゃべる猫？　ああ、聞いたことあるよ。確か裏通りのお婆さんが……」

ありがとうございました。


すみません、このへんでしゃべる猫の話を聞いたことがありますか？

「あんた、ポケットからなにをだそうとしてるんだい？」

ああ、ペンです。これ。メモをするために。

「ビビらせるんじゃねえよ。最近、物騒だからかまえちまった。事件もあったし」

事件って、どんな事件ですか？

「なんの前触れもなく突然、人がおそわれるような事件さ。みんな怯えてるよ」

そんなことが。人がおそわれるって、どういう風にですか？

「いきなり通行人を殴ってきたり、刺してきたりする事件だ。ニュースでもやってただろう。あれはこの付近だ。猫のことは知らねえけど、あんたも気をつけなよ」

わかりました。ありがとうございます。気をつけますね。


すみません。このへんでしゃべる猫の話、聞いたことありますか？

「しゃべる猫？　知らねえよ。ここはそんなファンタジーな場所じゃねえよ」

さっきも最近、事件が多いって聞きました。そうなんですか？

「ほら、あれからだよ。家で死体を解体してた事件、ちょっと前にあっただろ？」

ああ、わかります。そんなに離れてませんね、この付近。

「そうそう。事件が起きたあたり、あの時期からおかしいんだよ、このへん。いきなり人がいらいらして怒りだす。そしてケンカしたり、傷害事件を起こしたりしてさ。まあ、物騒な話が多いね」

いきなり人がいらいら……なるほど。いましたか？　身近でいらいらしている人。

「いたよ！　居酒屋でさ、さっきまで普通に飲んで話してたんだよ、その人と。それがいきなり、むかいの席のじいさんたちにケンカ売って。『おい、やめろ』って止めたら、冷静になって泣きだして。割りばし折って、尖ったほうを自分の手に突き刺したの。血がふきだして、もう大騒ぎになって、ひっちゃかめっちゃか」

うわあ、酷いですね。その人、お友だち？　だいじょうぶだったんですか？

「だいじょうぶ、だいじょうぶ。すぐ救急車呼んで病院いって。なんであんなことしたんだ、酔っぱらってたのかって訊いたら、むかいにいるじいさんたちに理由もなく、いらいらして腹が立ってきて。それが治まったら今度はまわりのやつを殴ってしまいそうになったから、それを止めるために手を刺したって。ほんと、変な話だよな。まるで悪意のウィルスみたいなのが浮遊してるみたいで、怖いよ」

「月の罪」

「はあ……どうしてこんなに悩んでしまうんだろう。

彼のことが好きでたまらないのに、それがかえって私を苦しめるの。最初はすごく幸せだった。彼と一緒にいるとき、すべてが輝いて、なにもかもが完璧だと思っていた。でも、最近は不安ばかりがつのる。

優しい言葉の通り、私のことを大切に思ってくれているのかな？

私と同じ気持ちで、私のことを愛してくれているのかな？

そんなことばかり考えて、夜も眠れない。ちょっと会えない時間が長引いただけで、彼の気持ちが冷めたんじゃないかって、疑ってしまう自分がイヤになる。

あなたは『もっと自信を持ちなよ』って言うけど、それができたらこんなに悩んでない。彼が他の女の子と話しているだけで、こころに嫉妬の炎が燃えあがるの。自分でもバカバカしいってわかっているのに。どうしても、止められない。

彼は優しくて、いつも私のことを気にかけてくれる。でも、その優しさが本物かどうか、信じられない自分がいるの。私のことを本当に好きなのか、それともただの優しさで、そばに来てくれているだけなのか。考えると怖くて仕方がない。

どうしてこんな風に考えるようになっちゃったんだろう？

彼と出会ったときの純粋な喜びや、ときめきはどこへいってしまったんだろう。

私たちは一緒に笑いあい、幸せな時間を共有してきたはずなのに。

いまではその時間さえも疑わしく感じてしまう。

こんなに彼のことを愛しているのに、その愛が私を不安にさせている。

彼が少しでも私を嫌いになったら、私のこころはどうなってしまうんだろう。

彼がいなくなったら、私はどうやって生きていけばいいのか、わからない。

あなたはどう思う？

こんな風に思いつめてばかりじゃ、きっと彼もイヤになってしまうよね。

もっと軽く考えられたらいいのに。

自分を信じて、彼を信じて、いまこの瞬間を楽しむことができたらいいのに。

でも、それができないからこんなに苦しいんだ。

このままじゃダメだってわかっているのに、どうしても抜けだせない。

この恋がいつか私を壊してしまうんじゃないか、そんな不安がこころを占めている。

でも、それでも彼のことが好きでたまらない。

だから、どんなに苦しくても、この気持ちを手放すことなんてできない。

いったいどうしたらいいと思う？

『いっそ、そこの果物ナイフで彼を刺しちゃえば』ですって？

確かに、私のこと好きって言ってくれているときに殺しちゃえば、彼は永遠に私のものになるけど、そんなこと恥ずかしくて訊けないわ。そうね。彼が私に遠回しでもいいから、気持ちを伝えてくれたら、そのとき刺してもいいかもね。ふふっ。

あ、そろそろ遅い時間だから、彼が来るはずだわ」

「失礼しまーす。おばあちゃん、そろそろお休みの時間ですよー。

お人形と、またおしゃべりしていたんですか？　その人形可愛いですよね。お孫さんからもらったんですか？　アンティークでオシャレだし。フランス人形かな。

さあ、おしゃべりの続きは明日にして、そろそろベッドに寝転がりましょう。

あ、ほら。見てくださいよ、窓の外。今夜は月がとてもキレイですね」

「放置の罪」

「なんだか……変わった仕事だね。それで？　なにが聞きたいの？」

いやあ、言いにくいんですけど、幽霊がでるってウワサ、聞きまして。

「でないよ。確かにうちは古くてボロいけど、そんなの、視たことないよ」

そうですよね。このアパート、レトロでいいですね。築どれくらいですか？

「親父がまだ生きてて……ん歳くらいだから、築五十年くらいじゃないの」

五十年！　地震とかもあったのに、しっかりした建物ですね。大工さんの腕かな。

「建てたのも親父。大工もやってて。職人でもあったから建物、丈夫だよ」

なるほど。それでか。五十年、地震にも負けず。すごいですね。

「だろ？　でも、いまはもうジイさんバアさんばっかり住んでるアパートだから。くたばりかけてる奴らばっかり、だからオレも手入れする気ないんだよ、もう」

そうですね、手入れとか大変ですもんね。

「壁のツタとかもそうだし、雨漏りもあるらしいけど、全部無視してんだよ、オレ」

あ、割れてる窓もありますね……新聞紙とか板とか貼ってる。

「台風で割れたんだけど、ほとんど寝たきりの老人だからさ。

板でも貼っとけって、言ってやったの。もごもご文句言ってたけど、鬼みたいな顔して怒鳴ったらビビっちゃって。ホントに板貼ってやがんの。

親父はここ大事にしてたけど、オレ面倒くさいから、もう放置だよ。

ボロいだけで、ゆうれいなんてでない。

でも、確かにでそうな雰囲気はあるな。ははっ」

そこ、アパートのむかいの駐車場は新しい感じがしますね。最近ですか？

「駐車場？　そこもオレん持ちもんだよ。空き地だったけど最近、駐車場にした」

ちなみに大家さん、あなたが住んでいるのはこのアパートの一階とかですか？

「そうだよ。なんで知ってるの？　ほら、あの端の部屋がオレの部屋なの。あそこだけリフォームして他の部屋と違ってキレイにしてんの。うらやましいだろ」

ちゃんちゃんこ着てました？

「なに？　ちゃんちゃんこ？」

赤いちゃんちゃんこ着てましたか？　あなたのお父さんって。普段。

「着てたけど。なんで……アンタがそれ知ってるの？」

ああ、すみません、そこなんですよ、幽霊のウワサがあるの。アパートじゃなくて、アパートの前の駐車場。そこの駐車場に、幽霊がでるそうなんです。

「駐車場？」

近所のひとの話によると。

赤いちゃんちゃんこ着た老人……多分、あなたのお父さんじゃないですか？

深夜になると、そこの駐車場に立っているって。せっかく残してくれたアパートを雑に扱うから、怒ってるのかもしれませんよ。一階の端の部屋、凄い顔で睨みつけているそうです。それこそ、鬼みたいな顔して。

「分散の罪」

「いらっしゃいませ。お探しのものがあれば、なんでもお声かけくださいね」

「こんにちは。このお皿、すごくきれいですね。特別な由来があるんですか？」

「お目に留まって嬉しいです。こちらは祖母が愛用していたアンティークのお皿なんです。手描きの模様が特徴で、いまでは手に入らない貴重な品ですよ」

「本当にステキですね。お値段、いくらでしょう？」

「特別価格でご提供しています。通常ならもっと高価ですがこのフリーマーケットの特別価格でいかがでしょう。いまなら可愛いミサンガもプレゼントしますよ」

「お得ですね。じゃあ、これをいただきます」

「ありがとうございます！　良いお買い物をされましたよ。包みますので、少々お待ちください。こちらプレゼントです。どうぞ！」

「このミサンガ可愛いですね。ありがとうございます。大事にします」

「すみません、このバッグ、ヴィンテージですか？」

「よくぞ聞いてくれました。こちらは八十年代に作られたヴィンテージバッグで、当時の流行を感じさせるデザインです。しかも、状態も非常に良いんですよ」

「なるほど。確かにレトロな雰囲気があって可愛いですね。いくらですか？」

「今日は特別価格となっております。このクオリティでこのお値段なら絶対にお得です。お店では手に入らないレアものですよ」

「うーん、ちょっと迷いますね……」

「もし迷っているなら、少しお時間をおいてもかまいませんよ。ただ、このひとつしかありませんので、売れてしまうともう手に入りません。後悔しないよう、ぜひご検討くださいませ」

「そうですね……わかりました、買います」

「素晴らしい選択です。このバッグはあなたのようなステキな人に渡るべきだと思っていました。大切にしてくださいね。こちらプレゼントのミサンガです。どうぞ」

「ありがとうございます。いい買い物ができました」

「このレコード、懐かしいな。プレイヤーがまだ家にあるので、買おうかな」

「それは素晴らしいですね。レコードの音はデジタルとはひと味違って、暖かみがありますからね。このレコードは、特に音質が良いことで知られているアルバムなんですよ」

「本当ですか？ ジャケットも素敵だし、かなり古いものに見えますが、ちゃんと聴けますか？」

「はい、私自身がテストして問題ないことを確認しました。音もクリアでノイズも少ないです。これを聴けば、まるで当時の音楽シーンにタイムスリップしたかのような感覚になりますよ」

「魅力的ですね。お値段は？」

「こちらの価格になります。この状態でこの価格なら、おそらく他では見つからないでしょう。市場価格を考えても、かなり良心的なお値段と言えると思います」

「そうですね。では、このレコードもいただきます」

「ありがとうございます。失礼ですが、ご結婚されていますか？　女性用なのですがプレゼントでミサンガをお渡ししております。いかがでしょうか？」

「いや、妻はこういうのつけないから」

「お子さまや近所のかたにどうでしょう？　評判良いんですよ、このミサンガ」

「そこまで言うならもらおうかな。妻の妹にプレゼントするよ。ありがとう」


「ごめんなさい。このバングル、すごくおしゃれねえ。アンティークかしら？」

「お目が高いですね！　そうなんです。そのバングルは五十年代にロンドンで流行ったデザインに影響を受けた作家が創っているんです。それをつけて外出なされば、まるでその時代にもどったような感覚で楽しめますよ」

「なかなか良いわね。でも、ちょっと値段が気になるわぁ」

「このバングルの価値を考えると、この価格は非常にお手頃ですよ。お手入れも簡単なので、長くお使いいただけますよ」

「うーん、そうですねえ……でも、少し高い気もする」

「もし迷われているなら、少し値引きしますよ。奥さまだけに、特別に。今日だけの特別価格で、こちらのお値段にさせていただきます！　どうでしょう？」

「それなら買うわ。私にぴったりだとも思うし」

「ありがとうございます！　良いお買い物をされましたよ。こちらのミサンガもプレゼントさせてもらいますね」

「いらないわ」

「え？」

「ミサンガはいらない。バングル買うのにミサンガなんて、なんか変じゃない？」

「奥さま、なにを言っているんですか。こういうものはいろいろなご気分の変化にあわせていくらでもあっていいと思いますので是非お持ちくださいよ、あ、このカバンに入れておきますね、はい、どうぞ」

「ちょっと、あなた。いらないって言ってるのに……」

「奥さまだけですよ、是非お持ち帰りください。奥さまは特別なので」

「……もう強引なんだから。わかったわ。孫にでもあげるわ」

「ありがとうございます。ではこちらのほうが商品となります」

「またこのフリーマーケットでお店だしてくださいね。よらせていただくわ」

「はい、ありがとうございます！　是非またお待ちしております！」

「ふう、やっと終わった。疲れたあ。これでだいじょうぶかしら」

「お疲れまさま。どうだった？」

「いま終わったのよ。疲れたわ。もう。渡したわよ。渡しまくった」

「良かった。これで分散されるのかな？　呪い」

「もう。変なカツラ外国から買って来るからこんなことになるんでしょ」

「まさか死んだ人の髪の毛で作られてるなんて思わなかったんだよ」

「しかも捨てたり処分したりしたら呪いが返ってくるって意味わかんない。でもこれで解決。全部、渡したから。しかし不思議ね。数人を除いて、ほとんどの人が受けとってくれた。みんなタダとか得とかに弱いのね。今日からあのミサンガがある家の人たち、全員が金縛りになるのって……なんか想像したら面白いかもしれない」

「彷徨の罪」

「すみません、道をお尋ねしたいんですけど」

「あ、はい」

「このあたりで、なんだっけ、ちょっと名前、うろ覚えなんですが、なんとか銀座通りってところにいきたいんですが、どの道をいけばいいのかご存じですか？」

「あ、銀座通りですね。それなら、この道をまっすぐいって、えっと、ふたつ目の信号あたりを左に曲がって、そのまま進んでいけば駅があるので、その通りです」

「この道をまっすぐですか？　このまま？」

「まっすぐいって、ふたつめの信号のとこに電化製品の店があるので、そこを左」

「ありがとうございます。引っ越してきたばかりで、この道も初めてで迷ってしまって。方向音痴なので地図を見ても、ぜんぜんわからなくて」

「そうだったんですね。初めての場所だと迷っちゃいますよね。でも、銀座通りならそんなに遠くないですし、だいじょうぶですよ。すぐです」

「よくこのあたりを歩かれるんですか？」

「え？　まあ、そうですね。毎日、通勤でこの道を使っていますから」

「なるほど、詳しいんですね。地元のかたで良かった。仕事の……帰りですか？」

「ええ、そうです。いつもより今日はちょっと遅くなってしまって」

「遅い時間にお疲れさまです。仕事、なにされているんですか？」

「……えっと、普通の事務職ですけど……それがなにか？」

「事務職ですか。しっかりしてそうだと思いました。あ、ところで、最近このあたりでなにか変わったこと、なかったですか？　例えば物騒なこととか？　ふふ」

「……変わったこと？　いえ、わからないです。急いでるんで、失礼します」


（なんか変な人だったな。気をつけなきゃ。あれ？　むこうから来るのって……）

「すみません、道をお尋ねしたいんですけど」

「え？　あれ？」

「このあたりで、なんだっけ、ちょっと名前、うろ覚えなんですが、なんとか銀座通りってところにいきたいんですが、どの道をいけばいいのかご存じですか？」

「あ、えっと……銀座通りは……この道まっすぐで、ふたつ目の信号を左です」

「この道をまっすぐですか？　このまま？」

「……はい、まっすぐ……ですね」

「ありがとうございます。引っ越してきたばかりで、この道も初めてで迷ってしまって。方向音痴なので地図を見ても、ぜんぜんわからなくて」

「そう……なんですね」

「よくこのあたりを歩かれるんですか？」

「はい……家がすぐそこ……なんで……あれ？」

「なるほど、詳しいんですね。地元のかたで良かった。仕事の……帰りですか？」

「はあ……帰り……です」

「遅い時間にお疲れさまです。仕事、なにされているんですか？」

「……事務職です。ちょっと……あなたって、さっき」

「事務職ですか。しっかりしてそうだと思いました。あ、ところで、最近このあたりでなにか変わったこと、なかったですか？　例えば物騒なこととか？　ふふ」

「……わ、わからないです、失礼します」


（……なに、いまの？　すっごく似てる人だったんだけど。話も同じ……え？）


「すみません、道をお尋ねしたいんですけど」

「……うそ」

「このあたりで、なんだっけ、ちょっと名前、うろ覚えなんですが、なんとか銀座通りってところにいきたいんですが、どの道をいけばいいのかご存じですか？」

「……こ、ここをまっすぐです」

「この道をまっすぐですか？　このまま？」

「はい、まっすぐ……です」

「ありがとうございます。引っ越してきたばかりで、この道も初めてで迷ってしまって。方向音痴なので地図を見ても、ぜんぜんわからなくて」

「……そ、そうですか」

「よくこのあたりを歩かれるんですか？」

「……ときどき、です」

「なるほど、詳しいんですね。地元のかたで良かった。仕事の……帰りですか？」

「……はい」

「遅い時間にお疲れさまです。仕事、なにされて……」

「……し、失礼します！」


（……悪戯？　どっかにカメラあるの？　どういうこと？　え？　うそ……また！）


「すみません、道をお尋ねしたいんですけど」

「ちょっと……なんなんですかッ、さっきからッ」

「このあたりで、なんだっけ、ちょっと名前、うろ覚えなんですが、なんとか銀座通りってところにいきたいんですが、どの道をいけばいいのかご存じですか？」

「動画の撮影かなにかですか？　不愉快なんでやめてくださいッ」

「この道をまっすぐですか？　この……」

「聞いてるんですか？　しつこいと警察、呼びますよッ」

「…………」

「……な、なんですか？」

「銀座……通り……どこ……？」

「顔色が変わったというか、ずんって感じで落ちこんだというか……。ちょっと説明しにくいんですけど、怒鳴ったらそんな反応になったんです」

そのあとは？　消えたりとか？

「消えてはいない……いや、消えたんですけど、その男をもう無視して歩いていったんです。追いかけてくるかもと思って、振り返ったら、もう消えていて」

消える瞬間は見てないんですね。そのあとは？

「そのあと怖かったんで。私はすぐに角を曲がって、遠回りして帰りました」

合計、四回も同じ人に会った。不思議ですね。

「なんだったんでしょう。調べてもらえました？　ストーカーの幽霊だったとか？」

はい、調べました。体験のひと月ほど前、薬物で錯乱した男が自殺していますね。

その道で何人もの通行人に話しかけたあと、車道にでて車に撥ねられています。

「じゃあ、その人が幽霊になってでてきたってことですか？」

そこまではわかりませんが、記事によると即死だったみたいですよ。

わかってないかもしれませんね。死んだこと。

「卑下の罪」

「人にバカにされたことありますか？」

バカにされたことですか。ありますよ。しょっちゅうです。常連です。

「しょっちゅうって。最近ってことじゃないですよね？」

いや、最近というか。永遠にずっとバカにされて生きていますが。なにか？

「そんなことないでしょう？　そんな活動しているのに？」

そんな活動しているからかもしれませんね。

していなくても私はバカにされっぱなしの人生だと思いますが。

実に恥の多い生涯を送ってきましたって感じです。

どうしてそんなことを訊くんです？　バカにされているんですか？　誰かから。

「そうなんですよ。正直、もう限界かもしれないです。

笑いながら『冗談だよ』とか言われても、こころのなかでは笑えない。まわりの人たちはボクを、いじりキャラとして扱っているけれど。どれだけボクを傷つけているのか、誰も気づいていないんじゃないかと思います」

しんどいですね。軽い冗談という風に受けとることはできないんですか？

「ええ。最初はそう、ただの軽い冗談だと思っていました。ボクがちょっとしたミスをしたり、他の人と違う意見を言ったとき、みんなが笑いながら突っこんでくる。それがはじまりでした。誰だって、みんなと笑いあいたいと思うだろうし、ボクもその一員でいたかったから最初は受け流していました。けど、気がつくと冗談がボクに対してだけ繰り返されるようになったんです。

職場でも、友だちの集まりでも、どこに行っても同じ。なにか言おうとするたびに『はい、来た』とか『お前が言うと説得力ないわ』なんて、すぐに茶化される。なにも言い返せない自分が情けなくて、いつもその場の空気を壊さないように、ただ笑ってごまかすしかない。

でも、こころのなかでは、ひと言ひと言が胸に突き刺さっていくのがわかるんです」

ちょっと負の連鎖的な感じがしますね。でも、良いこともあるでしょう？

「良いことですか？　ほとんどありません。

でもこの前、仕事でちょっと成功したとき、上司にほめられたんです。

それはとても嬉しかったんですけど、同僚のひとりが、

『やればできるじゃん、なんでいままでやらなかったの？』

そう言ったんです。

笑いに包まれたけど、ボクはその言葉に喜びを奪われたように感じました。

努力しても、結局は冗談のネタにされる。そんなふうに思えてしまったんです」

仕事場ではなく、友人たちはどうなんですか？

「友だちとの関係も同じで、飲み会の場で、ボクが話を振られることがあるけど、それもまた茶化すためのネタとして利用されることが多いんです。

『お前ってさ、本当に空気読めないよな』とか『マジでダサ』なんて言われるたびに、自分がその場にいる意味がわからなくなる」

酷いですね。もう相手にしなくてもいいんじゃないですか？　そんな人たち。

「でも、友だちがいないと寂しいし、ひとりぼっちになるのは怖い。

誰にも相談できないんです。こんな悩みを話したら『冗談でしょ』って言われるの

がオチだと思うし、弱音を吐いたらもっと笑われるんじゃないかって考えてしまう。だから、なにも言えない。自分のこころのなかに溜めこんで、ただ笑顔を作ってごまかしているけど、その笑顔がだんだんと辛くなってきたんです。

このままじゃダメだと思って、ある日ひとりでカフェにいって。

自分の気持ちを整理しようとしました。

でも考えても、なにも解決しなかった。ただ、虚無感みたいなのがあるだけで、どうすればいいのか、ぜんぜんわからないです」

友だちや同僚との関係を壊したくない。でも耐え続けるのも限界がある。

ちょっと優しすぎるんですよ。

「そうなんですかね……わからないです。

ときどきまわりの人たちがうらやましくなります。みんなは冗談を言いあって、和気あいあいとしている。彼らにはボクみたいな悩みなんて無いんだろうなって思うと、さらに自分が情けなく感じる。

自分だけがこの苦しみを抱えているような気がして、孤独感が深まるんです。

誰かに『どうしたらいいのか』って頼りたい。

でも、頼る相手がいない。

本当は冗談のネタにされることなんて気にしないで、笑い飛ばせるような人間になりたい。でも、それができない自分がいる。自分が弱いだけなのかもしれない。

でも、それを認めるのも怖い。

もう一度、笑って冗談を受け流すことができるようになりたい。

でも、それにはどうすればいいのか分からない。

自分を強くする方法なんて、どこにも書いていない。

だから、今日もまた、笑顔を作って、まわりの冗談にあわせるしかないです。本当は誰かに『だいじょうぶだよ』って言って欲しいだけなのかもしれない。だからママに相談したんです。思いきって。ボクのこの悩みのことを」

ママ？　スナックのママとかですか？

「いいえ、実の母親にです。実家暮らしなんで。

母親は笑って『釘をいっぱい打てばいいのよ』とアドバイスしてくれました。ボクも、ああ、その手があったって気づかなかくて。さすがママですよ、わら人形」

ん？　ん？　わら人形って言いました？

「すぐにその夜、わら人形を持って近くの神社にいきました。ちょうどその時期、ボクのことを『キモい、キモい』って言ってた同僚とか友だちとか、まあ他にもいたんで。

そいつらの名前を書いたわら人形を樹に打ちつけたんです。

効果はちゃんとあって――あ、悪口言ってたの九人なんですけど。

三人が同僚、四人が友だち、あとのふたりは家の近くのお店の店員。

同僚が三人、肺炎みたいなのになって会社を休んだんです。

そのときは嬉しかったけど、ボクはそんなことがしたいんじゃない。

でも、自分の理想なんて、遠い夢のように思える。

いつか、この悩みから解放される日が来ますかね？」

ちょっと、わら人形のくだり、唐突すぎて意味が……。

「いや、来るかどうかじゃなく、ただそれを願うしかないのもわかってます。

でも、その日が来ることを信じて、自分を少しずつ変えていくしかない。

まわりの人にどう思われようと、自分が強くならなきゃ、このままじゃいけないって、頭のどこかでわかっている。

でも、それができるかどうか自信が持てないんです。

もう四十以上のわら人形を打ちましたけど、これ以上打っていると、いつか呪いみたいなのが返ってくるような気もするし。どう思われますか？」

どう思うかですか？　キモいと思います。

「夢の罪」

「お祖父ちゃん、また古いアルバム見てるの？　何度も見てるね？」

「そうだな。でも、これを見てると、あのころのことを思いだすんだよ」

「戦争のこと？　なんでそんなこと思いだしたいの？　残酷だったんでしょ？」

「ああ、残酷だった。だが忘れられるもんじゃない。戦友たちのことも」

「戦友って、ただの人殺しじゃないか。戦争なんて人を殺すだけのものだろ？」

「それは違う。戦争は確かに酷いが、命令に従って国を守っていただけなんだ」

「命令に従った？　そんなの言い訳だよ。

　人を殺しておいて命令されたからやったなんて、ただの言い逃れじゃん」

「お前にはわからんだろうが、あのときは戦うしかなかったんだ。

　好きでやったわけじゃない。世界が、国が、世間が選択肢を奪っていったんだ」

「結局、殺したってことだろ？　命令でもなんでも、殺したことには変わりないじゃないか。それを誇りに思ってるなんて信じられないよ、まったく」

「誇りなんかじゃない。仕方なかったんだ。戦わなければ、自分たちがやられるんだ。お前のお祖母さんも、おれがいかなければ家に住むことすら、まわりに許してもらえなかったと思う。そうなればお前は生まれなかったんだぞ」

「それでも人を殺す理由にはならないと思うんだけど。

産むために他の命をうばうなんてこと、結局プラマイゼロじゃん。

戦争いったやつはみんな同じ人殺しなんだよ」

「お前なんてこと言うんだ。あのときの状況を知らないで、軽々しく言うなッ」

「軽々しくなんかないよ。お祖父ちゃんは戦争で何人殺してきたんだよ」

「……」

「わからないの？　どうせ、なにも感じなかったんだろう？」

「……感じないわけがないだろう。お前になにがわかる」

「わかるよ。戦争で人を殺したお祖父ちゃんが、いまの平和な時代にのほほんと生きているなんて、間違ってると思うよ、ぼくは」

「……」

「なにか言ってよ、お祖父ちゃん。自分がやったこと、どう思ってるの？」

「……おれだって忘れたい。あのときのことをよく夢に見る。

大勢の友だちが死んでいくのを、おれは目の前で見た。

みんな死ぬ前に手を伸ばしていた。助かりたかった。家に帰りたかったはずだ。

でも、それを口にすることすら許されなかった」

「そんなの、いまさらだよ。死んだ友だちが生きたかったように、殺された人たちも生きたかったはずなんだ。お祖父ちゃんがなにを思ったって、もう遅いんだ」

「なんと言われようと、あのときのおれたちには選択肢がなかったんだ。逃げる場所すらなかったんだ。上官たちだけ逃げて、おれたちはとり残されたんだッ」

「じゃあ、もともと戦争にいかなきゃよかったんだ。

自分で選んだんだろ？　それなら責任は自分にあるじゃないか」

「選んだんじゃない。選択肢がなかったんだ。お前たちと違う。おれたちはなにも選べなかった。いかなければお前のお祖母さんは飢えて死んでいたかもしれないんだ。

お前にはわからないだろうが」

「わかるもんか。人殺しに正当な理由なんてないよ。どんな理由でも暴力を振るっちゃいけない。それと同じだ。戦争にいった時点で、お祖父ちゃんは人殺しだ」

「……そうか。お前がそう思うならそれでいい。だが、おれがやったことが間違っていたとしても、それを背負って生きていくしかない」

「そんなの、自分に言い訳してるだけだよ」

「言い訳でもなんでもいい。だが、お前にひとつだけ言いたいことがある」

「なんだよ？」

「お前が平和に暮らせるのは、誰かがその代償を払ったからだ。おれがその代償を払ったと言うつもりはない。だが戦争を経験した者たちが、望んでやったわけじゃないことだけは、わかってやってくれ」

「……わかりたい気持ちはあるけど、人を殺していいわけじゃない」

「もちろんその通りだ。だが、世のなかには善悪だけで判断ができないこともあるんだ。お前には決して、絶対に、そんな場所にいって欲しくない」

「……」

「お前がおれを人殺しだと思うなら、それで構わん。

だが、戦争が起こる時代というのは、単純な真実なんて存在しないんだ」

「……」

「おれも、お前が生まれたこの国の平和を願ってる。それがおれたち戦争を経験した者の、あの時代を生きた者たちの、共通した願いなんだ。わかってくれ」

「……わかったよ。でも、やっぱり納得はできない」

「それでいい。お前が戦争そのものを憎むこと自体が、おれたちの望みでもあるんだ……お前はどう思うんだ、タクヤ」


「ああッ」

「わ、びっくりした。タクヤ、どうしたの？　怖い夢でも見た？」

「いつもなんで最後に……」

「どうしたの？」

「おれ、なんか知らないけど、ときどき同じ夢を見るんだよ」

「夢？　どんな夢なの？」

「寝てたらさ、スマホが鳴って起きるの。誰だろうと思って、でてみるの。

そしたら若いころのすげえ生意気な親父が、ひいお祖父ちゃんとケンカしてる声が聞こえてくるんだよ、スマホから。戦争の話して、そんでいつも最後にオレに声かけてくるの。それが怖くて」

「なにそれ。変な夢。なんでそんな夢見るんだろ？」

「わかんない。もうずっと見てるから、セリフ覚えちゃったよ。こんな夢見るの、なんか意味があるのか……いつかわかるのかなあ」

「愛着の罪」

「……という、フェチの話はこれくらいにしておいて、そろそろ体験談に入ります。

小学生のころ、夏休みになると父の実家に泊まりにいくのが恒例でした。

父の実家は田舎の古びた家で、周囲には田んぼと山しかないんです。

古いですが、かなり大きめの一軒家です。

そこに祖母はひとりで住んでいました。

ひとりといっても、すぐ近くに親せきが何人もいたし、毎日なにかしらの用事で祖母に会いに来る人は多かったらしく、ひとりで生活するのに困ることはなにもなかったそうです。そんな祖母も寂しかったのか、夏休みのあいだの数日、泊まりに来てくれるのを楽しみにしていてくれた。

電車の音も聞こえない静かな場所で、夜はカエルの鳴き声や虫の音が響いて。

最初はそんな環境が新鮮で、毎日が非日常の冒険みたいで楽しかったんです。

でもあの日、あれを目にしてからすべてが変わってしまったんです。


あの家は基本、どの部屋も和室で、障子戸がずらっと連なっていました。

客間はいつも閉じられていて、普段は誰も入らない部屋のはずなんです。

でも、なぜかその年はずっと客間が開け放たれていて。

目に入ったのがその掛け軸なんです。

古びた、それでいて不気味な雰囲気をかもしだしていました。なにが描かれているのか、うまく言葉にできません。色あせた墨の線がうねりながら、なにかが描かれていて見る者に悪い予感を与える、そんな絵でした。その絵、どこか人間の形をしているようにも見えるんです。

最初にその掛け軸を見たとき、もの凄く嫌な気分になりました。体の内側から冷たく、そして湿った感覚が湧きあがってくるような気がして。そんな感覚、それまで一度も感じたことがなかったんですけど。

その掛け軸のことを祖母に尋ねました。

顔をくもらせて抑揚のない声で『あまり近づかないほうがいいよ』とだけ言っていました。その言葉が余計に気持ちを悪くさせたんです。
なにか怖い話でもあるのかなと思って、それからも何度か尋ねました。でも祖母はなにも教えてくれなかった。

以来、あの部屋を通るたびに、掛け軸の存在が頭に浮かんでしまう。夜、トイレにいくため廊下を歩くと、自然に客間のほうに目がいってしまう。そして、あの掛け軸がこちらを見ているような錯覚に陥るんです。

そして、ある夜。ぐっすり寝ていたのに突然、目がはっきり覚めたんです。どうしてかは、わからないけど妙な高揚と胸騒ぎに似た感覚で起きました。寝室の窓から月明かりが差しこんでいたのですが、うす暗い部屋のなかに、ぼんやりとした白い影が見えたんです。その影が、なぜか自分にむかってゆらりゆらりと近づいてくるように感じて恐怖で動けなくなった。
影は、ゆっくりと自分のほうにむかってきて……消えました。

次の瞬間、自分が布団の上で体を強張らせているのがわかりました。目をこすりながら、まわりを見まわしたが、なにもなかった。夢だったのか、それとも幻覚だったのか、まったくわからない。
ただ、ぞっとする感覚だけが残っていました。

翌朝、起きると疲労感が体を包んでいて。
まるでひと晩中、なにかに追いまわされていたような疲れでした。
家にいると、あの掛け軸が気になって、どうしても再び見にいきたくなりました。
なぜなのか、自分でも理解できません。
客間に足を踏み入れた瞬間、冷たい空気が流れこんできました。
掛け軸は、前日と変わらずそこに掛かっています。
しかし、なにかが違う。
昨日は感じなかったなにかが、今日は明確にそこに存在している気がしました。
恐怖心が全身を駆け巡り、足が震えた。
まるでその掛け軸が、生き物のように自分を見つめているように思えました。

負けじと掛け軸をじっと見つめていると、その絵が微かに動いているような気がして。呼吸しているような、心臓が鼓動しているような。

そんなイメージが頭のなかに広がって、体が硬直しました。

なにかが私を掛け軸のほうに引き寄せている。

いや、私を掛け軸のなかにとりこもうとしている。

そう思った瞬間、全身に冷や汗が吹きだし、慌てて部屋を飛びだしました。

以来、掛け軸のことを忘れようと必死になりましたが、祖母にそのことを話す勇気もなく、ただその家から一刻も早くでたいと願いました。

数日後の夜、またあの白い影が来ました。

なにかかが自分に近づいてくる。そして前回と同じように消えていきました。

目が覚めた時、息が荒く、汗で布団がびしょ濡れになっていました。


父親の実家を離れた後も、あの掛け軸のことが頭から離れませんでした。

学校の授業中でも、家でテレビを見ているときでも、ふとした瞬間にあの絵が浮かんでくる。やがて、どうしても恐怖に耐えられなくなり、母親に相談しました。

母親は真剣に受け取らず『そんなものは気のせい』と笑って流しただけでした。

あれから何年も経ちましたが、あの掛け軸のことはいまでも忘れられないんです。実家の祖母が亡くなったとき、家族で葬儀の準備をしているあいだ、ふと客間に目をやりました。しかし、そこにはもう掛け軸はなかったんです。

いつの間にか、誰かが処分したのでしょう。祖母が亡くなって、誰もそのことを話さなくなったので、いまではその行方を知る者はいません」


ありがとうございます。掛け軸の不思議な話ですね。

実家のまわりには他にも親せきがたくさんいたと、おっしゃってましたね。

「実家が本家となりますので、いわゆる分家の人たちが周囲にいたようです」

その分家の方々の誰かが、掛け軸を処分したと思いますか？

「どうでしょうか。その可能性は高いと思います」

現れた白い影も、掛け軸となにかしらの関係があると思いますか？

「あると思います。あれを見てから現れはじめたので」

何度も不快と言っていた掛け軸。もう見たくないんですよね？

「はい、もちろんです。あんな怖いもの、二度と見たくない」

どうしても、そういう風に思えないのはなぜでしょう。

「どういうことですか？　思えないとは？」

さっき体験談を語る前に、おっしゃってましたよね。

ちょっとしたフェチで、おつきあいする女性全員に刺青を彫ってもらうと。

「はい、そういう系統の芸術が好きなので。お勧めしていますね、よく」

それも図柄をあなたが選んで。

刺青って一生残るものじゃないですか。嫌がったりする人はいないんですか？

「いますね。わかってくれない人。強制はできないので諦めています」

でも彫らないと別れる？

「そうですね。お恥ずかしい限りですが、理想の女性を探していますので」

あなたが選ぶ絵は水墨画で、女性に彫ってくれと頼む体の部位は背中が多い？

「すごいですね。その通りです。なぜわかったんですか？」

私の予想ですが、あなたは掛け軸を怖がっているんじゃないと思いますよ。

子どものころになにかを見て、どきどきした感情が残り、今後の人生に影響することは誰しもあると思います。例えば絵本の白馬の王子さま。例えば主人公を一途に想う女性キャラ。それがその人のタイプの異性となることもありますし、物事の考えかたのベースになる人もいる。さらには美的感覚に影響する人もいます。

そして怪談好きや怖いもの好きは、吊り橋効果に近いことが起こるのか。子どものころ、どきどきしたものが恐怖や不思議、神秘的なものであることが多い。どきどきは言葉にできない場合が多いんです。子どもなら、なおさらですね。

なんとなくですが、いわくがあった掛け軸だと思います。でもその掛け軸は、恐怖ではなく、性的興奮を覚えさせたのではないでしょうか。それが影響して、女性に刺青を彫らせている。どうです、この奇妙な推理は？

「……考えたこともありませんでした。正直、否定できないですね」

もう捨てられてしまい、再び見ることができない掛け軸。

それをどこかで追い求めているのでしょうが、本当に捨てられたのですかね？

「どういうことですか？　実は捨てられてないと？」

お祖母さんはひとり暮らしだったのでしょう？

分家のかたに指示して、片付けられているだけかもしれません。いわくがあるものなら、簡単に処分することもできないでしょうし。案外、蔵のなかであなたを待っているかもしれませんよ。一度、きちんとお調べになったほうがいいかも。これ以上、女性の体で掛け軸を再現させる前に。

「あ、ありがとうございます、じゃあ、さっそくいってきます！」

いまからですか？　気をつけて。発見できたのか、結果を教えてくださいね。

……女に刺青ってヤバいな。めっちゃとり憑かれてるやん。

「名前の罪」

今日はありがとうございます。ではよろしくお願い致します。

「でも、どこから話せばいいんでしょうか？」

まずは引っ越してきた部屋が気持ち悪かった、というところからお願いします。

「はい。気持ち悪かったと言っても、始終じゃないんです。夜、寝ているとき目が覚めてとか。ひとりでテレビを観ているときに寒気がいきなりする、みたいな。

その程度の軽い怖さで、そう感じる時間も短かったんです」

気配や視線を感じたということですか？　誰かが部屋にいるように思えた？

「いえ、怖いと言っても、そういう幽霊的なものじゃないです。

気配や視線って、そもそもどんな感じですか？」

気配や視線というのは、いままで聞いた話の表現だと、そうですね。

私の考えとしては、屋内で人がほんの少しでも動くと、見ていなくても誰かが動いたとわかる。それが気配。近くで息をしている誰かを感じて、見ていなくてもその顔がこっちをむいているのがわかる。それが視線。そう思ってもらっていいかもしれませんね。まったくの無からなにかを感じるのは超能力なので。空気の揺らぎにかんするものを、人は気配や視線という言葉で表現するのかもしれません。

「なるほど、わかりやすい。確かにそうですね。気配はともかく、もしかしたら視線を感じるというのは、言葉にするとそういうことかもしれません。空気の流れ」

ひとりでいるとき怖いですよね、そういう感覚。そんな怖さでしたか？

「いえ、そうではありませんでした。なんというか……重いと感じる？」

重い？ 誰かが躰の上にのしかかってくる、という意味の？

「んん……なんというか、プールの底に近いです。

プールの底にいったら、底にむかって泳いでいる最中ゆっくり、ずうんって重くなっていきますよね、水圧のせいで。それが部屋で起こる感じです。急に天井や壁が分厚くなって、部屋の空気がぎゅうっと圧縮されるような。そんな感じです」

それがいきなり起こるから怖く感じた。ちなみに体調の心配はしました？

「しました。違和感が特に耳に現れたんです。軽く耳鳴りがするような」

なるほど、確かに水圧っぽく感じますね。それはどれくらい続くのですか？

「だいたい五分くらいですね。三十分とか一時間はないです。ただ、妙に思ったのは、ゆっくりその感覚が始まるのに対して、終わるときはパッと終わるんです」

もとの状態には一瞬でもどる。

「そうです。なにもなかったように治まります。そっちのほうが不思議でした」

それである夜、えっと、飲み会の帰りでしたっけ？

「いえ、私の家で飲もうということになったんです。同性の友だち数人で。最初はビール、そのうちカクテルを作ったりウィスキーを割ったりして。ひとりがトイレにいって、もどってきたタイミングでしたかね。突然、部屋の空気が変わって」

例の感覚がきたんですね。ずうんという重いあの感覚。

「いつも起こるのはひとりのときだったので、ああ、ひとが来ているときも起こるんだって思いました。でもそこで、あれ？　ってことに気づいて。

友だちのひとりが天井を見上げたんです。さらにふたりが片耳に指を入れて。

『なんかいまツーンってした』

『ああ、オレも。なんかぐーってなったよな、いま』

そんなことを話すんです。あ、私だけじゃないんだって初めてわかって。

私が、引っ越してきてからときどきこうなる、って話すと、

『引っ越してきてからだったら、この物件になんかあるんじゃないの？』

『幽霊かもよ。ほら、よく言うじゃん。幽霊が通ったら、みんな自然に黙るとか』

『黙ってはないから、違うでしょ』

みんないろいろ言いだして。そのあとちょっとだけ怖い話になったあと、

『ここ建物の日当たり悪そうだし、窓もないから悪い気とか溜まってるんだよ』

『なんだよ、悪い気って。そんなのどうしようもないじゃん』

『例えば花を置くとか？　なんか明るい要素がいるよね。壁紙も古いし』

『そうだ。壁紙替えたらいいんだよ。けっこう雰囲気変わるよ、壁紙って』

『お金かかるからねえ。あ、わかった。なんか絵を描いてあげたら？　壁に』

そのなかのひとりに、芸大出身の絵が上手い子がいたんです。

しかもいまはリフォームの仕事してるから、気に入らなかったら壁紙をもどすこともできるからって言いだして。私も酔っぱらってましたから、じゃあみんなで描こうっ

てことになって。カラーのマジックペンや絵の具を用意して、みんなで壁に絵を描いたんです」

楽しいですよね、そういうお酒の勢いでの遊び。なにを描いたんですか？

「ばらばらに描いたら滅茶苦茶になるんで、絵を描ける子が、クレヨンを使ったような太さの線で花を描いて。それをみんなで色を塗る。でも全員が酔っぱらってるもんだから、花から色がハミだしてしまったりして。楽しかったですね」

仕上がりはどうでしたか？　可愛くできあがりましたか？

「滅茶苦茶でしたね、結局。ほんとうにお酒の勢いって感じの仕上がりでした。朝起きてから壁見て笑いました。酷すぎるって。

それでも私は気に入っていて。数カ月、過ごしてました。花の壁紙に囲まれて」

そのあいだ圧迫感現象は起こらなかったんですか？

「関係なく起こりました。まあ、そうだろうなとは思っていたんです。

雰囲気とか関係なかったみたいですね、やっぱり。

ある日、壁に絵を描くって言いだした友だちから、連絡があって。

『そろそろ飽きたんじゃない？　壁紙。仕事場で在庫がでちゃってさ。

よかったら次の休みに貼り替えにいこうか？　普通の白い壁紙だけど』

私はそのままでも良かったんですけどね。

どうせ引っ越すときには、もどさなきゃいけないからと思って頼んだんです。

それで休日、午前中から友だちが来て作業をはじめて。新しい壁紙を貼る前に古い壁紙を剥がすんです。私も手伝いながら、手際の良さに感心しきりでしたね。

でも作業が進んで間もなくでした。友だちの動きが急に止まって。

壁に向かって立ちつくしているのを見て、どうしたのって声をかけました。

返事をしないまま、じっと壁を見つめてるんです。

私、なにかおかしいと感じて、隣に立ってその視線の先を見たら。

花を描いた壁紙の下に、黒っぽいものが浮かび上がっていて。

それはただの汚れかと思ったんですけど、近づいてよく見たんです。

『これ、なんだろ……』

友だちが低い声でつぶやきました。

三つくらいですかね。壁紙の下に名前が書かれているんです。

友だちは、お好み焼きを引っくり返すコテみたいなのを使って、さらに壁紙を剥がしました。

『冗談でしょ……』

私は冷や汗が背中を流れるのを感じました。

ずらっと壁一面に名前が書かれているんです。

ぱっと見ただけでも、それが何十人かぶんってわかるくらい、すごい数の名前。

私たちはその名前を凝視し続けました。

『ねえ、こんなの初めて見たんだけど、これってなに？』

訊かれても私に答えられるワケないですよね。前の住人が書いたものか、それか、前の前の住人？　そういう予想はできますけど、そんなのわかるはずがない。とりあえず作業を続けようってことになって。その部屋の壁紙、全部剥がしたんです」

その結果、名前が部屋の四方すべてに書かれてあった。

「はい。びっしりと全部、違う名前。とてもじゃないけど数えきれないくらいの。

もう私も友人も驚いて、ただただ見入ってしまいました。

誰が、どういう理由でこんなことを？　この名前の人たちはなに？

疑問が次々と湧いてきて止まらなくなって。友人が言うんです。

『ねえ、ここ見て。この上のところ』
友だちが指しているのは、壁のいちばん上にある名前です。
そこの名前、半分しかない。横に切ったように下半分だけしか見えない。
私が、そこだけ……半分だね、って言ったら。
『これさ、もしかして天井の壁紙のなかにも名前書かれているんじゃないの？』
それを聞いて私、卒倒しそうな気持ちになりました」
なるほど。壁だけでなく、天井にも名前がびっしり書かれている可能性があると。
「友だちとしばらく天井を見つめたあと、ふたり同時に目を落としたんです。
タタミを見て、まさか、と思いました。
友だちがコテでタタミの隙間を差して、一枚めくりました。
それを見て、ふたりで悲鳴をあげましたね」
タタミの下の床板、そこにも名前がびっしりと書かれていた。
「しかも寝室の壁紙も、その部屋の壁紙と古さや色あせかたが同じなんです。
この部屋だけじゃないと思うと、もう、どうかなりそうでした。
不動産屋に電話して聞いても、わからないって言われるし。とにかくこんな気持ちの悪いところに住んでいられないって翌月、引っ越したんです。もう家賃が高くても関係ないと思いましたね。

その部屋の壁は、そのまま友だちに新しい壁紙を貼ってもらって、名前を見えなくしてもらったんですけど。貼る前に私、携帯で写真を撮ってメールを送ったんです、兄に。これなんだと思うって。兄もかなり気持ち悪がって、そんなメール送ってくるなって怒ってました」

結局、なぜ名前がたくさん書かれていたか、わからないままなんですね。

「理由はわかりませんが……名前が誰かはわかったんです」

誰かわかった？　書かれている名前の者、数人がわかったってことですか？

「いいえ、全員わかりました」

全員？　数はどれくらいあったんですか？

「壁紙を剥がした部屋、その壁だけで何百人もありました」

何百人！　全員わかったというのはどういうことでしょう？

「兄が話のネタに送った写真を友人に見せて。その人がテレビ関係者で気になって調べてくれたんです。それでわかりました。あの部屋の壁――調べてませんが、おそらく寝室や台所、全部の壁紙のむこうに書かれていると思います。

書かれていたのは、十数年前の大災害で亡くなった人たちの名前だったんです。あの災害のとき、安否不明の人が多くてテレビで死亡者の名前を流していました。兄の友人によると、順番から察して某チャンネルでずっと流していた死亡者たちのものらしいです。私、死んだ人たちの名前に囲まれて生活していたんです」

圧迫感現象は、名前が書かれていたことに関係があると思うんですね？

「はい。いったいどういうつもりだったのでしょう。あんな気持ちで書くなんて」

気持ち？　どういう意味でしょう。

「私、ずっとペン字を習っていて。字から書いた人の気持ちがなんとなく読みとれるんです。壁に名前を書いた人、書きながら楽しんでいたと思います。狂ってる」

「自虐の罪」

「万引きをやめることができないんです。

やっちゃダメって思ってるのに、どうしてもやってしまいます。盗む物のほとんどが必要のないものばかりです。乾電池やガム、石けんやチョコレートバーなど。

逮捕されたこともあるんです。店員に見つかって、警察呼ばれて。

家族を呼べって言われたこともあります。来てくれた女房、泣いてしまって。

それでも、やめることができない。

自分がイヤになります。

仕事先の工場で、少しでもストレスを感じることがあったら盗みたくなってしまう。

家には息子がいます。子どもは好きです。でも万引きのせいで、息子といつか離ればなれになるかもしれない。そう考えただけでも気が狂いそうになってしまう。

それでも、やめることができない。

息子の寝顔を見ていたら思うことがあります。いまはこんな私のことを好いてくれている。でも、いつか万引きのことがバレたら、きっと私を軽べつするでしょう。

不安で不安で仕方ないんです。

酷いときには死にたくなることすらあるんです。

女房は私のポケットからでてくる盗んだ物を見て、ときどき泣いているようです。

それでも、やめることができない。


ある夜の帰り道、コンビニでまたやってしまいました。

煙草も吸わないのに、百円ライターをいくつもポケットに入れてしまったのです。

このまま帰ると、また女房が泣いてしまう。

私は捨てるところを探して歩きました。

神社があったのでなかに目をむけると、境内の端にゴミ箱がありました。

そこにライターを捨て、ため息をつく。

こんなこと、いつまで続けるんだろう、もうイヤだ。そう思ってました。

風が吹いて、拝殿にある賽銭箱の上の鈴が微かに鳴りました。


ある休日のことです。

目が覚めると女房と息子の姿がなく、書きおきのメモがありました。

ママ友の夫婦と動物園にいってくるという旨のメモでした。

私はそれを読んで自分が誘われなかったことに軽く怒りを覚えました。

その日は息子と一緒に遊ぼうと思って楽しみにしていたのもあったのです。

お腹が鳴ったので食べる物はないか、台所へいきましたがなにもありません。

仕方がなく近所のスーパーにいきました。

総菜のコーナーで売っている弁当を手にとり、それと同時に、すぐ目の前にあったおにぎりをひとつ、すばやくポケットに入れ、レジで弁当代だけ払いました。

家にもどってポケットからおにぎりをだして、弁当の横に置きました。

と、同時に玄関から走ってくる音が聞こえたのでそちらを見ました。

息子よりも年下の三、四歳でしょうか、着物を着た女の子が現れました。

驚きながらも『え？　きみはどこから……』と尋ねようとしました。

ところが女の子は走る速度をさげず、そのまま真っ直ぐやって来て、突くように腹を殴ったのです。思わず『ぐはッ』とうずくまった私の頭に衝撃が走りました。目の前に火花が散り、体が崩れ、そのまま意識を失っていました。

それから一時間ほどして、私は目を覚ましました。すぐにさっきの女の子を探しましたが、玄関の鍵も閉まっているし、形跡がなにもありません。幻覚でも視たのかと思いましたが、お腹と頭に強い痛みがあり、大きなタンコブもできています。

それからです、女の子の幻覚が現れるようになったのは。

たいていは真っ直ぐ、私にむかって走ってくるのですが、歩いている道の横、塀の上から降るように現れることもありました。あるときなどは工場の個室トイレのなかから現れ、あるときなどは自室のタンスの上から現れました。

現れるのはいつも私ひとりのときで、絶対に頭を狙ってくるのです。

私も避けようとはするのですが、姿が見えた瞬間に構えても、間にあわないほど動きが素早く、百パーセントの確率で頭をゲンコツで殴られるのです。

気絶したのは最初に現れたときだけですが、激痛に悶絶してしまうのです。

女の子はいつも無表情で、その顔からはなんの意図も感じられません。幻覚なのにタンコブが残るというのは、やはり理解しがたく、私は妻に相談しました。

女房は笑いをこらえながら話を聞いていました。

私は久しぶりに彼女が楽しそうだったので、少し嬉しくも思いました。

『笑いごとじゃないんだよ、ほんとうに。もう何回も視てるんだ、その幻覚を』

『ごめんね、あまりにも変な幻覚だから、なんだか可笑しくって。ふふっ』

『このままじゃ、いつか大怪我しちゃうよ。どうにかしないとヤバいよ』

『女の子の幻覚がでるのは、もしかして、その……泥棒のあと？』

妻が言う泥棒とは私の窃盗癖のことです。

『いや。万引きは関係なく現れる。最初だけはそうだったけど、あとは関係ない』

『頭触っていい？　どれどれ……あ、ほんとうだ。タンコブがいっぱいある』

そこから女房がやっと真剣になってくれました。

幻覚で怪我をするのはおかしいと伝えると、女房は反論をしてきました。

催眠術のような、本気で幻覚を現実と思わせるものになると、実際に体が反応して、みみず腫れができたり、火傷をしたりすることがあるんだとか。

どちらにしても、工場で仕事中に幻覚を視たら危ないのは間違いありません。

女房は病院にいったほうがいいと言いました。

いままでも万引きのことで病院を勧めていましたが、私は拒否していました。

自分の悪さを医師に話すことに抵抗があったからです。

しかし、今回のことはそれとは別です。

このままじゃ、いつか幻覚にゲンコツで頭を割られてしまいます。

私は仕方がなく病院にいくことを決意しました。

医師は思ったよりも優しく私の話を聞いてくれました。

幻覚がでるようになった原因を一緒に探っていきます。

万引きのことは黙っていましたが、何日も、あまりにも親身になって一緒に考えてくれるので、思い切って私は万引きのことを話してみました。

いままで自分がしてきたこと、自分のことをどう考えていたのかということ。

全部を話し終わると、医師は私の手を握りました。

『いままでずっと、ほんとうに辛かったね。話してくれて、ありがとう』

そう言われた瞬間、涙が勝手にぼろぼろと溢れてきました。

そこで私は窃盗症、クレプトマニアという病気があるのを初めて知りました。

でも、その病気で幻覚を視ることはないそうですが、自分を責める気持ちが幻覚を視せている可能性は充分にあるそうです。

いま現在も認知行動療法を受けています。

その甲斐あって、万引きは回数が相当減っていきました。

どうしてもやってしまったら、説明のため診断書を持って、盗んだものを返しにいき、謝罪するようになりました。そのとき女房は必ず、私の横にいてくれます。

女の子は私が病院にいった日から、まったく現れなくなりました。自分を許すことろが幻覚を退散させたかもしれませんね。医師はそう笑っておっしゃってました。

ただひとつ、気になること――医師に話していないことがあります。

私が百円ライターを盗み、神社の境内でそれを捨てた、あの夜のことです。

風が吹いて、拝殿にある賽銭箱の上の鈴が微かに鳴りました。その音を聞いて、私はしばらく拝殿を眺めていました。そして、神さまにでも頼んでみようと思い、拝殿の前に移動したんです。財布から小銭をだし、お賽銭を投げて手をあわせました。閉じていた目を開くと、戸口から拝殿のなかが見えました。なにかが動いたように思えたので目を凝らすと、それはゆらゆらと左右に揺れている小さな影です。

少し怖くなった私はすぐに神社をあとにしました。

いま思えば、その影こそが、あの女の子だったような気がするんです」

「記憶の罪」

「天気もいいし、ドライブ日和でよかった。どこまでいく？」

「うーん、どうしようか。海までいく？　それとも山？」

「海もいいけど、今日は山がいいかな。涼しいし緑がいっぱいで気持ち良さそう」

「じゃあ、山いこうか。お弁当持ってきたからどこかでピクニックしよう」

「お弁当！　あなたが作ったお弁当、食べたいな。いつもありがと」

「期待しないでよ。でも今日は特別にデザートも用意した。お楽しみに」

「やった。あなたホント最高ね。そうだ、昨日の映画どうだった？　面白かった？」

「うん、面白かったよ。一緒に観てたら、絶対に笑っちゃってたと思うよ」

「どのシーン？」

「ネタバレになるから言えない。今度一緒に観よ。絶対に笑っちゃうから」

「あなたと一緒にいると、なんでも楽しく感じちゃう。不思議」

「おれもだよ。君と一緒だと楽しいし、幸せな気持ちになる」

「ねえ、思ったんだけど私たちって本当に相性いいよね？　こんなに笑ってばっかりのカップルって他にいないいんじゃない？」

「ずっとこうして笑いあっていられたらいいよね。君の笑顔がいちばん好きだよ」

「もう、恥ずかしいこと言わないでよ。でも、私もあなたのこと大好きだから！」

「ねえ、見て、あそこの景色すごくきれいじゃない？　写真撮る？」

「本当だ、すごくきれい。映えそう！　車停めて写真撮ろ！」

「じゃあここに停めようか。よし。気をつけて降りて」

「うん。あ、スマホ忘れないようにしなきゃ」

「ここからちょっと上に登ったら、いい感じの景色かも。ちょっと登ろうか」

「うん、よいしょ、よいしょ」

「ほら、ちゃんと手つないで。危ないから。気をつけて。ゆっくり」

「ありがとう。よいしょ、よいしょ。ああ、着いた。わあ！　きれいね！」

「思った以上だね。写真撮ってあげる。スマホ貸して」

「うん、撮って！　あ、あの鉄塔のところ写して！　イェイ、イェーイ！」

「どう、写真良い感じに撮れてる？」

「……うん、バッチリ！　ありがと、もうインスタにのせた！」

「そっか。良かったね。いいね、いっぱいつくかもよ」

「ねえ、このまま、ずっとふたりでいられたらいいのにね」

「そうだね。絶対にそうしよう。おれたち、ずっと一緒にいたいね」

「うん、ずっと一緒だよ」

「ゆっくり車にもどろ。すぐ到着するけど、寝たかったら寝てもいいからね」

「うん、ありがと」


「ふああ。ごめん、ホントに寝ちゃってた。あれ？　ここどこ？」

「……」

「え？　森のなか？　到着した？　なんか薄暗いね、ここ。陽があたってない」

「……」

「車停めてる？　なんで？　あれ？　これってさっきの鉄塔ところ？」

「……」

「ねえ、なんか変だよ。どうしたの？　お弁当は？」

「……なに言ってるの？　もう食べなくていいだろ、なにも」

「え？　あなた、誰？」


「到着したよー。起きてくださーい。つきましたよー」

「……んあ、寝てた。まぶしい！　到着した？」

「到着しましたー。見てよ、ほら。大草原って感じ。いいだろ？」

「うわーホントだ。めちゃくちゃ広いね、ここ。誰もいないし。超いいじゃん！」

「お弁当持っていこう。お茶も忘れずに。あ、いいよ、おれが持つ」

「よし、じゃあ、あそこまで競走だ！　よーいどんっ」

「ああ、待って、待って、ずるいよ、ちょっと待って。ははは っ」


「……え？　また？　ここどこ？」

「どこだろう……わからないよ。テキトーに来たから」

「また車にもどってる？　なんで？　いま原っぱにいたのに、なんで？」

「なに言ってんだよ。ほら、お前のぶんだよ。飲めよ」

「なに？　このクスリ……なんのクスリ？」

「睡眠薬だよ。これじゃ死ねないけど。まあ、お前が寝たら焚くから」

「え？　死ぬ？　どういうこと？　焚くって？　焚くってなにを焚くの？」

「練炭に決まってるだろ」


「ああ！」

「どうしたの？　玉子サンド美味しくなかった？」

「ここ、どこ？　あれ？　あれ？　どうなってるの？　鉄塔は？」

「なに？　なんかあった？」

「なんか変なの、さっきから。車のなかにいるけど、ここにいるみたいな！」

「それってどういうこと？　ずっとここでお弁当、食べてるけど」

「自殺！　自殺しようとしてる人たちがいるの！」

「自殺？　なに言ってるの？」

「車もどろう！　急いで！」

「わ、ちょ、手、引っぱらないで！　この荷物どうするの？」

「そんなのあとでいい！　急いで！　早くしないと、あのふたりが、あッ」


「どうした？　飲まないの？　飲まないとツラいみたいだよ」

「……私、なんか、おかしい。あなたは飲まなくてだいじょうぶ？」

「おれはもう飲んだ。ほら、ほら飲めって」

「私たち、どうしても死ななきゃダメなのかしら」

「母さんもあっちで待ってるよ。もう、なにもすることがないから」

「……あそこ、見て。丘がある。あそこから見下ろしたら景色、良さそう」

「……」


「あッ！　もどった！　急いでッ、鉄塔のところにいって！」

「鉄塔ってお前、さっきの鉄塔？　丘みたいになってるところ？」

「違う！　鉄塔の下のところ！　早くいかないと死んじゃうよ！」

「ええ！　あんなところどうやっていくの？　山道だよ！　死ぬって誰が？」

「知らないおじさんと私！　もっと車飛ばして！」

「ぜんぜん意味わかんないんだけど！　これ以上飛ばしたら危ないってッ」

「わかった！　私も飲む！」

「ええ！　こんなときに、なにを飲むの！」


「わかった。私も飲む……」

「ごめんな、本当にごめん。今度生まれ変わったら、絶対に幸せにする」

「うん、ずっと一緒だよ」


「うん、ずっと一緒だよ！　ほら、急いでッ、鉄塔のところ！」

「もう着くよッ、こんな山道、走るの初めてだ！」

「あった！　ほら、あの車！　あの車のなかで練炭自殺しようとしてるのッ」

「あの車で練炭自殺って誰がよ？」

「だから知らないおじさんと私だって！　助けなきゃ！」

「停めるよ！」

「急いでッ！　なんか窓、割るものある？　早くッ、早くッ」

「ないよ！　石、使って！　そこらへんの石ッ」

「わかったッ、救急車呼んでおいてッ」


……それで、助かったんですか？　知らないおじさんとあなたは。

「助手席にいたのは、私じゃなく、知らないおばさんで。すごく急いだんですけど、ダメでした。そもそも練炭自殺したのは何日も前で。運転席に座ったおじさんと助手席のおばさん、手をつないで死んでいました。そこからはもう大泣きして警察を呼んで、騒ぎになって。あとから聞いたんですけど、介護に疲れた夫婦がおばあちゃんを殺してしまって。あの鉄塔の下で心中したんです。あのふたりは罪人かもしれないけど、ものすごく悲しいです」

ええ、ニュースになっていたみたいですね。哀しい事件です。

「私、なんであんな夢を見たんでしょうか。近くにいたから時空を超えたみたいなことなんですか？」

いままで集めてきた話と照らしあわせるなら、時空を超えたというより、記憶が入ってきたというニュアンスが強いような気もします。でも、人の記憶のなかで、あなたがあなたの言葉でしゃべってますよね。そこのところは、かなり珍しい話です。でも、それがなぜあなただったのか。その理由はわかりませんが。

「あのふたり……約束した通り、生まれ変わってまた一緒になっていて欲しいです。生まれ変わってると思いますか？」

神秘的な存在はいないと落ちこむ必要はないのです。
まわりをよく御覧なさい。神には逢えずとも悪魔には簡単に逢えます。

「帰還の罪」

「いくつか妙な体験をしているのですが、印象深い話をしていいですか？」


「久しぶり、元気にしてた？」

「おお、元気だよ！　変わってないね。学生のときのまんまじゃん」


「数年前、学生のときの同窓会があったんです。

私は地元を離れて暮らしていたので、ずいぶん懐かしい面々ばかりで。

ほとんどは地元で暮らしていたけど、それでも大人数で集まって会うのは久しぶりらしく、はじまってから間もないのに、もう会は盛りあがっていました。私と同じように地元を離れて生活している者も何人かおり、そういうテーブルは特に盛りあがっていましたね」


「おい、ほら見てみろよ。あっちで、またあのふたりが口論してるよ」

「相変わらずだな。成長してないっていうか、面白いからそのままでいいんだけど」

「みんな、お待たせー、あーっ、久しぶりじゃん！　ちょっとハゲた？　ははっ」


「遅れて誰かが現れるたびに拍手が起こり、みんな笑顔で歓迎していました」


「お待たせしましたー。お前ら元気してたかー！」

「うっわ、めちゃ太ってる。あんなにかっこよかったのに。ウケる」

「あいつカレー屋のチェーン展開でけっこう儲けているらしいぞ」

「写真、持ってきてくれたんだ！　うわー、懐かしい！」


「みんなそれぞれ、横にいる友人と懐かしい話をしていました。到着したばかりのやつの顔を見るたびに、学生のころの思い出がよみがえってくる。話題は尽きず盛りあがっていたんですが、N美が到着したときだけ、ちょっと空気が変わりました。

スーツを着た見知らぬ男性、それはおそらく旦那さんなんでしょうが、旦那さんは私たちが飲んでいる広間の入口までN美を支えてやって来て、彼女が席に座ると店の外にでていきました。そして彼女を支えていた理由もすぐにわかったんですが、N美は足を引きずっていたんです。それを見て、みんな一瞬だけ黙りましたが、すぐにみんな気を使ったのでしょう、足のことには触れずN美を歓迎していました」


「N美じゃん！　久しぶり！　あんたぜんぜん連絡よこさないもん」

「なにしてたの？　もしかして地元から離れてた？」

「ううん、ちょっと大変で、いろいろあって」

「え？　どうかしたの。もしかしてその足のことと……」

「まあまあ！　いいじゃん、そんなこと！　とりあえず飲もうぜ！　なに飲む？」

「じゃあ……私、ビールもらおうかな。久しぶりに飲めるから嬉しい」

「N美はずいぶん痩せていて。なにか重大なことがあったような感じでしたね。私たちも本人には訊きませんでしたが、やっぱり気にしている者もいました」

「……足、どうしたの？　あいつ？　怪我した？」

「わからん。なんかあったんだろ。がりがりになってるし。なんだろ？」

「まあ、いいじゃん、そんなこと。今日だけはさ、野暮なことはなしにしようぜ」

「そうそう！　オレも仕事のこととか忘れて、今日は飲むぞ！」

「N美本人には訊かなくとも、やっぱりどこかで気は使ってしまうもので。大勢と話すために、みんな席を変えながら飲んでいたんですけど、足が悪そうなN美に移動させないよう、N美を中心にして飲む陣形になっていきました。

そのうち時間が来て、みんなで写真を撮って。

帰る前に、みんな店の前で集まって、それぞれ別れを惜しんでいました」

「じゃあ、そろそろ解散しますか。大変に名残惜しいですが」

「うん、あれ？　N美は？」

「もう帰ったんじゃないの？　終電近いし、オレもそろそろ急がなきゃ」

「それじゃあ、みんな！　また絶対の絶対、集まろうな！」

「じゃあね、ばいばい！　みんな人生に負けるなよ！」

「お前がな！　じゃあな！　元気でな！」


「それぞれが帰路につき、自分の生活にもどっていく。

私はホテルをとっていたので一泊してから翌日、新幹線で帰りました。

それからまた忙しい日々がはじまって。

ある日、家に帰ってからくつろいでいると電話が鳴ったんです。

誰だろうと画面を見たら、同級生のひとりでした」


「もしもし。おう、このあいだは楽しかったな。どした？」

「あのさ、ちょっと聞きたいんだけどさ、このあいだの同窓会のこと」

「うん？　会計でも足らなかったのか？」

「いや、そうじゃなくて。あのさ、N美って来てたの、覚えてるか？」

「うん、覚えてるよ、もちろん。どうした、それが？」

「いまさらなんだけどさ、あいつって逮捕されたよな、去年」

「逮捕？　なんだそりゃ？　どういうことだ、おれは知らないぞ」

「虐待かなんかで逮捕されたんだよ。知らない？　けっこう話題になったんだけど」

「いや、そんなの知らな……あれ？　なんかニュースでN美が……知ってるわ、それ。確か子どもを■■して、■■を■■■して。そのあと、確か、えっと、確か」

「知ってるじゃん。そう、自殺してるんだよ。獄中で。でも来てたよな？」

「ああ、来てた。間違いなくN美だった。え？　どういうこと？」

「どういうこともなにも。来ていたよ。絶対いたもん」

「なんでおれ、忘れてたんだ？　そんなこと」

「それだよ。おれとお前だけじゃないの。みんな、なぜか忘れてたんだよ。あの場に何人いた？　三十人くらい？　あり得るか？　誰も思いださないなんてこと」

「どういうことだ？　なんかめっちゃ怖いんだけど。生きていたってこと？」

「N美の葬式にいったやつもいるんだよ。絶対おかしいって。あとさ、写真撮っただろ。みんなでさ。写真撮ったカメラ持ってるやつに、この話したら『ちょっと、確認してみる』って言って、そのあと連絡つかねえの。どうなってんだよ」

「N美を連れてきた男の人って、旦那じゃなかったのか？」

「誰だよ、その男の人って」


「そのあと改めて調べたら、やっぱりN美は亡くなっていたんです。

でもどうしても、そのときの彼女が幽霊だったとは思えない。あまりにも普通だったので。足を引きずっていた理由もわからないし。あとN美を連れてきた男性。

私以外に、その男性を見た人はいなかった、という話なんです」

「隠しの罪」

「私以外に、その男性を見た人はいなかった、という話なんです」

……なるほど、わかりました。今日はどうも、ありがとうございました。

「いつもこんな感じで取材されているんですか？」

えっと、ちょっと待ってくださいね……あ、はい。すみません、もう一度。

「いつもこんな感じで、喫茶店のなかでパソコンを打ちながら取材を？」

はい、そうですね。こうやって直接会ってお話を聞いてますよ。

「もうお帰りになるんですか？　このあともお仕事で？」

ええ、帰ります。このあとも仕事ですが、なにか？

「いえ、飲みにいきたいなと思ってたんですけど、また今度よかったら……」

いいですよ。いきましょうか、いまから。

「え？　いくんですか？」

はい。いけますよ。予定変えられますので。えっと、この近くの居酒屋は……。

「あの、いろいろ聞いてもいいですか？」

どうぞ。なんでも聞いてください。あ、おかわりいりますか？

「こうやって怪談の取材をしていて、危険な目にあったことないですか？」

すみません、おかわりいただけますか？　お願いします。

特にありませんね。少し前にドロップキックされたくらいですね。

「ドロップキックですか？」

はい。広島出身の凶悪な男性に。不審者と間違われて。よくありますよ。

「いや、そうじゃなくて、もっと心霊的な危ない目に」

あ、おかわりきました。ありがとうございます。

心霊的なやつは、そうですね……お祓いを見に来るかと言われて断ったら、その日、お祓いに集まろうとしていたメンバーが全員事故にあったということはありましたけど。直接、被害をこうむったワケではありませんし。やっぱりないですね。

「お祓いはどうして見にいかなかったんですか。嫌な予感がしたから？」

いいえ、話を集めるのが目的なので。お祓いに限らず現地にいくことには、あまり興味を持てないんです。心霊スポットもときどきいきますが、聞いた話のままか確かめるため、聞いた話でわからないところがあったので、確認するためが多いです。

「いちばん怖かった心霊スポットはどこですか？」

有名なところでは特にないですね。あまり怖がらないんで。どこでしょう。

地方にいったとき、昼間、田園に囲まれた小さな森を見つけて。

そこに社が見えたんで、なんとなく入ったことがあります、その森のなかにね。

社は森の中心にあったんですが、外のあぜ道から見えるほどの小さな森。なのにぜんぜん森からでることができず、一時間くらい社のまわりを歩いていたことがあります。あれはちょっと怖かったかもしれないですね。

「不思議ですね。そこにはなにか変な話があったりしたんですか？」

そのあと近所の人にも聞いてみましたが、まったくなにもなかったです。

変なウワサがある心霊スポットより、普通にある場所のほうが怖いと思うことが多いですね、個人的には。そういうところって夜だと暗闇の深さが違いますし。

「暗闇の深さ？　なんですか、それ？」

なんというか。まったく光がなくて、影とかの色が深くて、闇って感じです。

「普通の場所がいちばん怖いっていうのは、なんだか興味深いですね」

最近、多いんでしょ？　引っ越しするときに、あえて事故物件を選ぶ人。

怖いとかそういうのを気にせず、家賃が安いことに魅力を感じるようですね。

私の知りあいの女性も、あえて自ら事故物件を狙って住んだ子がいます。彼女、若いからというのもあるのでしょうが、幽霊でるかもなんてぜんぜん気にしない。

寝室に大きな姿見を置いていたんですが、遊びにきた彼氏が鏡にむかって「あ、ついでにコーヒー持ってきて」とか「あ、トイレいかれた」とか言うんです、何回も。気になって「なんでそっちにむかって言うの？」って訊いたら、さっきから動きまわるお前が鏡に映ってるから、鏡越しに声かけているだけって答える。

でも彼女、ずっと彼氏の横にいるんですよ。ちょっと怖くなった彼女、私に連絡してきたんです。実際に部屋を見せてもらいました。

「なんか起こりました？　鏡に知らない人が映っていたとか？」

いえ、ぜんぜん。いっさいなにも起こりませんでした。

ただ彼女すごいんです。その物件、怖いんですよ、雰囲気が。壁とか傷みまくってるし、天井もシミだらけ。そのシミもちょっと人の顔に見えたりして気持ち悪い。こういうの本当に気にしないんだって思いました。

そこは以前、自殺があった物件ですが、大島てるさんの事故物件サイトにものってないし、探しても情報がないから、現場にいって初めて怖さがわかりますよね。

「そういえば私の友人も変な家に住んでいました。

その友人、事業で成功した金持ちなんですけど、引っ越しするマンション全部やたら広いところで。遊びにいくのが楽しみなほどでした。

あるとき引っ越した最上階の部屋が、めちゃめちゃ豪華で。マンションの部屋なのにお城みたいな雰囲気だったんです。シャンデリアとかあるし、ワンフロアぶちぬきなんで、廊下も長い。洗濯室とかウォークインクローゼットとか、マジで最強だったんです」

映画にでてくるような夢の物件ですね。

「その日も、いつものように彼の部屋で時間をすごしていたんです。

他の友人たちも一緒だったんですけどね。ここ広いよな、すげえなって話してたら探索しようってノリになって。そこに住んでる友人はまだ別室で仕事していて、それが終わるのを待つあいだ、あちこち調べまわっていたんです。彼がウォークインクローゼットを自慢していたのを思いだしてそこを覗くと、たくさんの服や靴がきれいに並んでいて。ブティックのようで、目を引くアイテムがいくつもありました。しばらく服を眺めていると、ふと気になるものが目に入って。右奥の壁の一部が、他の部分とは微妙に違う感じがしたんです。なんかおかしいと思って、近づいてよく見ると、壁紙の継ぎ目が不自然に浮きあがっていて。押してみたら、かちゃりって音を立て開いたんですよ」

隠し扉ですね。すごい物件だ。もともとはオーナーズルームだったのかな？

「小さな通路があって。私たち、誘いこまれるかのように、なかに入ったんです。通路はうす暗くて、なぜか湿った空気が漂っていました。ひんやりとした冷気が肌に触れて背筋がぞくっとする。奥に進んでくと扉が現れて。そこ開けたんです。部屋のなかは、埃をかぶった家具や、古い写真が無造作に置かれていました。壁にはうす暗いランプが一つだけ灯っていて、淡い光が部屋を照らしていて。なんとなく、不気味なものがあったんです。まるでこの部屋が長いあいだ誰にも使われず、忘れ去られてしまっていたかのような。そんな空気でした。

『なんだよ、ここ。すげえな』

『奥になにがあるんだろ？　いってみよう』

さらに部屋の奥へ進んでいると、うしろで扉が閉まる音がしたんです。

その瞬間、ランプの光が消えて。真っ暗でなにも見えなくなりました。閉じこめられたっていう恐怖が押し寄せたとき『あーッ、あーッ、あああーッ』っていう女の泣き声が響くんです。ずっと。

『わッ、わッ、怖い、怖いッ！　ドアはどこ？　見えないッ』

『誰だッ、誰が泣いてるんだッ、早くドア開けろっッ』

『いや、ドアがどこかわかんねえんだよ。なんにも見えねえよッ』

みんなで騒いでいたら、ドアが開いて、通路の先のクローゼットの光が入って。

『お前ら、なにしてんの？』

私たちの騒ぐ声が聞こえてやって来た、部屋の主の友人が立っていたんです。

さっきまで続いていた女の声もぴたりと止まって。

『ド、ドアが勝手に閉まって。こ、この部屋ってなんなの？』

『いや……こっちが聞きたいんだけど。こんな部屋、知らないぞ』

どうやら友人もその部屋の存在を知らなかったようで、びっくりしていました。

スマホの灯りで調べたら、アンティークの家具にマットレスのない金属のベッド、壁に手錠がぶら下がっていました。

『……さっき、ランプ灯っていたよな。なんで消えたんだ？』

『い、いや、そんなことよりこの部屋なんだよ。あとさっきの泣き声も』

『ここって……もしかして……』

調べた結果、ちょっと卑猥な感じがありました。

どうやらエロいことをする専用のプレイルームみたいな部屋だったみたいです。

私たちは真っ青になりましたが、部屋の住人である友人は違いました。

『おれさ、こんな部屋……欲しかったんだよねえ』

嬉しそうに濃く笑って、その日から私たちを呼んでくれなくなりました。

いまもそこに住んでいるはずですよ、その友人」

「不条理の罪」

「もうひとつ教えてもらっていいですか？　ずっと気になっていたんですけど」

はい、なんでしょうか。答えられるかどうかは、わかりませんが。一応どうぞ。

「怪談で霊が突然、襲ってくるみたいな話あるじゃないですか。特にこっちがなにかしたワケではないのに。道を歩いていただけとか。車を運転してただけとか。あれってなんでしょうか？　無差別、手当たり次第でしょう？　理由もないのに」

そうですね。そういう話もたくさんありますね。いきなり霊体験、みたいな。

「それって、悪いのって霊のほうですよね。だってなにもしてないんですよ、人間さまは。罪人は絶対に霊のほう。罪人？　罪霊？　ざいれいって言葉あります？」

多分ないですね。そういう悪さをする霊は、総じて悪霊と呼ぶんだと思います。

「そう、悪霊ですよ、そいつら。だって、こっちは正しく生きてるだけなのに。いきなり理由もなく怖い目にあわされるなんて。いい迷惑ですよね、ホントに」

　確かにそうかもしれません。いきなり理由もなく、ある日突然おこる怪談のことを不条理系と呼ぶみたいです。まあ、犯罪にまきこまれた感は確かにありますね。

「犯罪といえば私、ひとが死ぬの見たことありますよ。すごい血まみれでした」

　マジですか。どうしてそんなことになったのでしょう？

「ひき逃げです。大きな交差点だったんで、たくさん目撃者がいたのもあって犯人、後日ちゃんと捕まりました。ほら、これそのときの血だらけの人の写真です」

　本当ですね。救急車、すぐに来たんですか？

「ずっと見ていましたけど、なかなか来なかったですね。何人かが『だいじょうぶですか？』って声をかけて。まだ意識はあったけど、もうぜんぜんしゃべれなくて」

　可哀そうに。犯人が捕まったのが唯一の救いですね。

「解決した犯罪だから亡くなったひと、幽霊になったりしないですよね？」

　どうなのでしょう。死にたくなかった。それだけでも充分、未練になりますし。

「そういう話ありますか？　死にたくなかった的な未練で、ゆうれいがでる話」

　怪談としてはスタンダードっぽい幽霊ですね。でも、あまりありません。

「いちばん多いって言われても不思議じゃないのに、あまりないんですか？」

もし本当に霊がいるとしてもですよ。なぜこの世をさまよっているのか、その理由を幽霊本人から聞きだせなきゃわからないことでしょう。だから未練が「死にたくなかった」とか「死んでしまった」ということだったとしても、わからない。

私の知りあいに、こんな体験をした人がいました。

冬の深夜、木造アパートの二階。彼はテレビを観ていました。

二月でしたからね。外は寒く、さっきまで飲みにいってたからストーブで温まってきた部屋が心地いい。そのうち暑くなってきて。服とズボンを脱いでトランクスだけの姿になり寝転がる。酔いだけでなく疲れもあって、急にまぶたが重くなる。テレビの音が心地よく、クラシック音楽のように聞こえて、そのまま眠ってしまったそうです。毛布を足元に蹴とばして、その毛布とストーブとの距離が近すぎた。

「え？　火がついたんですか？　毛布に？」

足の皮膚に火が当たる尋常じゃない痛みを感じて、彼は飛び起きました。

毛布に火がついているだけじゃありませんでした。掛けてあった服にまで燃え移り、乾燥のせいなのか、もう柱や天井にまで火が広がっていたんです。驚いて毛布を跳ね除けて立ちあがる。ばちばちと聞いたことのない凄い音を立てながら、踊り狂う炎の灯りに部屋は包まれていた。恐怖で震えあがった彼はなにをしたと思います？　部屋は二階だったんですが、窓から飛び降りたんです。見上げると、外の空気が入ったせいでしょう、炎がぶわッと大きく膨らみ、さらに激しく燃えだした。

「最悪の状況になりましたね。すぐに通報して消防車を呼んだ？」

いいえ、走って逃げました。アパートの近くにある実家のマンションに。

「どうして？　するべきことをしないと。他の住人がいるんでしょう？」

怖かったんです。予想外の出来事に頭が真っ白になったんです。

恐怖とはそれほどの衝撃とちからがあります。予想していないことに対しては、なにひとつ対処することができなくなる。本来は火を消そうとするか、騒いでまわりに報せようとするか。あるいは安全の確保をして通報するかですよね。でも、そんな当たり前のことなど、もうできない。この反応を考えると、世間でときどき耳にする、人助けをしようとする人たちの勇気がいかに強いものか、わかりますね。

「そのあとどうなったんですか？　その彼は？　アパートは？」

彼は実家のマンションで眠っていた母親をインターホンで起こしました。

外はとんでもない寒さなのに、外から息子がトランクス姿で帰ってきた。普通じゃない。なにがあったのか聞いても、歯をがちがち鳴らして震えるばかりで話すこともできない。その家庭は母ひとり子ひとりの家庭で、そのときには母親のひとり暮らしになっていた。どうしたらいいのか、わからなかった母親はとなりに住む男性に助けを求めにいった。その男性が息子になにがあったか聞いてもやはり反応がない。けいれんしているように手足を縮めて震え、会話にならないんです。よく見ると足に赤い火傷をしていたので、それがさらに奇妙で。気つけのため、ぶん殴ると「か、かっかっ、か」って言ってました。多分、火事って言おうとしたが舌がもつれてしゃべれない。消防車のサイレンが聞こえてきて母親にも男性にも、うっすら話が見えてきましたが遅かったんです。アパートは全焼して住人は焼死しました。

「うわあ！　最悪じゃないですか！　何人くらい亡くなったんですか？」

[redacted]名です。建物全体を炎が包んで、もう逃げ場がなかった。彼がなにか対処していたら、そこまでの犠牲者の数にはならなかったかもしれない。それが悔やまれます。

　全焼したアパート、その焼け跡は数カ月ほど放置されていました。そしてウワサが流れだした。ウワサの内容は、焼け跡から人が湧きでてくるというものでした。

そのひとりひとりが顔も服もわからないほど真っ黒で、乾いた音を立てながらもぞもぞ動きまわり、時間をかけ道路にむかって整列し、じっと立ち尽くしている。

そんなバカなと言いたくなるようなウワサでしたが、目撃者が現れだした。

どうしてあんな火事があったところに夜、黒いマネキンを並べているの、と。

そのうち数日に一度のペースで深夜、焼け跡の前の道路で交通事故が多発していくのですが、焼け跡のすぐ前ではなく、三十メートルほど離れた交差点です。

電柱や信号待ちをしている車に衝突した運転手たちは、声をそろえて「走っていると目の前が暗くなって、ぶつかってしまった」と体の不調を理由にしました。

一方、頻発する事故について近所の人たちは「並んでいた黒い人影が突然、通りすぎた車を追いかけだし、その車に乗りこんだから事故が起こる」と言うんです。

しかしそこを通った車、全部が事故を起こすわけじゃない。たいていの車は無事に通りすぎています。事故を起こす車と無事に通過する車。その違いはなにか？

事故の衝突音を聞いた近所の人たち、何人かは事故を起こして怪我した車の運転手を見にいき「ほら、やっぱり」とか「似てる」と確認しています。そうなんです。事故を起こしたどの運転手も、火事で逃げた彼と見た目がなんだか似ている。

「探しているということですか？　自分たちが焼け死ぬ原因になった、彼を」

それはわかりません。たんに道連れを増やそうとしただけかもしれない。だとしたら、なにかの条件をそろえた人をターゲットにして事故を起こしているのかも。全部、憶測するしかありません。結局、その焼け跡を片付けて何度もお祓いをし、小さな地蔵を作って供養をしたのですが、いま現在も事故が続いているのかどうかはわかりません。彼は火事の件で刑務所にいってしまったので、そこを通ることはありませんでも念のため、出所してもそこにはいかないほうが得策と思います。

「でも火事を起こして、自分だけ逃げるなんて。よくそんなことできますよね」

まあ、他人が予想できないような状態や事情、理由はたくさんあるでしょう。

私が言いたいのは、相手の身になって思いやれば、少しはなにかを理解できるはずということです。もしかしたら不条理系の怪談というのは、無差別で、手当たり次第におそっているように見えて、実は理由や条件が存在するのかもしれない。霊も元は人間だった。自分を見殺しにしたような人にうらみを持ったり、そのうらみを持つ人と似た行動をしている人を狙うのは至極当たり前です。本当の罪人というのは「自分は善人だ。まともな考えを持っている」と信じこんでいる者たちにあるのでしょう。

あなたみたいに。

ひと言コメント

継続の罪　アリさんのアザが多いらしいです。Gだったら絶叫。

雨の罪　カミナリが落ちたほうがいいと思う人はいますね。

暴言の罪　正しくは「……冬のソナタ観よっと」という凄い締めかたの穢れを浄化する発言。

因果の罪　このおばちゃん気になりますよね。

倉庫の罪　霊でも罪に染まるというお話。

気配の罪　このあと追いかけまわされるけど、現れては消えのスタンド的な霊。

恋の罪　不倫かーいっていう話、世のなか多すぎ。

妄想の罪　実際は店長もけっこう悪人。アウトレイジなコンビニですね。

掌の罪　答え・母親には着物の女が見えてなかった。何者かは不明。骨の本人？

祝言の罪　もちろん離婚しました。そりゃそうか。

刺激の罪　不夜城みたいな締めかたですね。

無敵の罪　若い子が言う「〜しか勝たん」ってセリフ、けっこう好きです。

運命の罪　本当はもっとメジャーなお酒の会社です。

熱血の罪　無免許運転の子っていまもいるのかな。そりゃいるか。

共犯の罪　幽霊の不思議ですね。

ひと言コメント

Dの罪　本当はもっとディズニーなキャラの大きいぬいぐるみ。M作戦。

跡の罪　怖いですよね、これ。でもほとんどの男の将来はつるつる。

邪悪な罪　こんな子、げんこつしたほうがいいと思う。

偶然の罪　ザ・キラー折り紙ですね。

告白の罪　ザ・キラー折り紙が証拠になってしまうとは。

過去の罪　正直に対処するのが得策ではなかった例のお話。

呪の罪　これは再現写真です。本物は燃やされましたが、かなり大きい炎がでたとか。

鈴の罪　安眠妨害ですよね。何気にいちばんイヤかも。

青い罪　自分が傷つくのが想像できない、それが子どもということでしょう。

暴力の罪　謝りに来て欲しい人、私にもいますよ。

密室の罪　ヤバい店長の話をよく聞くのは、いったいなぜ？

肉の罪　ユッケが食べたいですね。一緒にどうですか？

悩みの罪　このあと一緒に見に行った。上司は生きていて超怒ってたそうです。当然か。

単調の罪　皆そうじゃから、気にせんでいいのじゃぞ。自分らしくあれ。

女難の罪　狐仮面Zってウケる。ハンドル名は止めたほうがいいと思う。

誇張の罪　いや、面接で言ったら落ちるに決まっとるがな。

温もりの罪　つけ麺なんてラーメンじゃねえんだよ！　って言ってました。江戸っ子。

蓄積の罪　この場合、事故物件ではなく事故電車両？

澱みの罪　こころも仕事も汚いBARとは縁を切ってきました。ウザいので。

自己愛の罪　なにが怖いかって、こういう人が特に珍しくないことかな。かな。

地元の罪　お父さんの写真見たら、めちゃ筋肉質で二度笑いました。

幸運の罪　二度と彼は現れなかったらしいけど、興味深いのは歩いて去っていったこと。

赤染めの罪　本人だけが知らないのが怪異。本人だけ知ってるのがナンチャッテ霊感。

血の罪　この話、ステキで好き。

美徳の罪　自分演出にがんばりすぎるとダサい、というお話。

ゲットの罪　スタッフが卒塔婆マンというキャラ考えましたがまだ完成しておりません。

苦言の罪　歪んだクレームは人災だと思っています。ということは霊災ってことか。

執念の罪　目線を変えすぎてアクションみたいになっちゃった。

悪戯の罪　中二病男子はワケのわからないことするよね。

放送の罪　ローカル局の番組が消えた理由。怖すぎるわ。

香辛料の罪　現象よりも気になる彼女。部屋とワイシャツと私みたいになってもうた。

催事の罪　先日「糸柳寿昭」と書かれた提灯をもらった。毎日それ持って歩きます。

衝動の罪　こういうシンプルな話好きなんで、取材にいきました。

悪意の罪　当然、めちゃバカにされ、ときにはウケました。へへ。

月の罪　人形に命令されて刺したそうです。怖いわ。

放置の罪　人を選んで態度を変える、私が苦手な人でした。

ひと言コメント

分散の罪　もはや無差別テロですね。あとミサンガって懐かしいな。
彷徨の罪　自殺は繰り返す霊になるというのは聞いたことあるんですけどねえ。
卑下の罪　正直に言ってあげる優しさを持つ男ですよね、私は。
夢の罪　こんな話をする家族も減りましたね。平和になったのでしょうか？
愛着の罪　いや、刺青彫らすとか絶対ヤバすぎですｗ
名前の罪　変わったことをする人います、世のなか。無意味こそ恐怖、は私の名言。
自虐の罪　本当はもっとボコボコですが、面白くなっちゃうので最低限に変更。
記憶の罪　これもアクションですね。盛ってはいないのですが。
帰還の罪　エスコート死神。そんな感じですよね
隠しの罪　実際はもっともっとハードでエッチな部屋だったらしいです。
不条理の罪　怒って帰っちゃいました。ちなみに、このとなりの部屋の男性、私です。

取材協力して頂いた皆さま、ありがとうございました。光に闇あれ。

糸柳寿昭

★読者アンケートのお願い

本書のご感想をお寄せください。アンケートをお寄せいただきました方から抽選で５名様に図書カードを差し上げます。

（締切：2024 年 10 月 31 日まで）

応募フォームはこちら

怪談罪人録

2024 年 10 月 7 日　初版第一刷発行

著者……………………………………………………………………糸柳寿昭
カバーデザイン………………………………………………橋元浩明（sowhat.Inc）

発行所……………………………………………………………株式会社　竹書房
〒 102-0075　東京都千代田区三番町 8-1　三番町東急ビル 6F
email: info@takeshobo.co.jp
https://www.takeshobo.co.jp
印刷・製本……………………………………………………中央精版印刷株式会社